インポッシブルハイスクール
IMPOSSIBLE HIGH SCHOOL
葛西伸哉
SHINYA KASAI

お前には皮肉が通じないのか？
学生自治組織〈キャビネット〉の捜査官
秋月凱
あきづきまさる

自称“正義の味方”
春日部弐華
かすかべにけ
困ってる人を見たら助けるのが当然でしょ

〈キャビネット〉事務総長付き秘書
元木君貴
もとききみたか
あんたなんて呼び方したら、わたし、怒っちゃうかも
会長がサドなら、ボクはマゾになります！
〈キャビネット〉事務総長
晦奈々佳
つごもりななか

クラス委員長
雪村百合乃
ゆきむらゆりの
これで、このクラスで独り身はわたしだけになっちゃったわね
君たちは本校の生活を満喫してくれたまえ
生徒会長
橘雄一朗
たちばなゆういちろう

母
秋月雅
あきづきみやび
で、何の用だ？
四女
秋月獲
あきづきえる
……
達姉だけずるいよ。
お兄はあたしが使うのにぃ
三女
秋月達
あきづきいたる

次女
秋月究
あきづききわむ
まーちゃんっ！
おっめでとぉ〜っ！
遅ぇぞ、凱。
あたしが呼んだら
コンマ二秒以内に来い
長女
秋月優
あきづきすぐる

インポッシブル・ハイスクール　目次

Illustration 了藤誠仁

インポッシブル・ハイスクール

葛西伸哉

MF文庫J

口絵・本文イラスト●了藤誠仁

プロローグ

これは、悪夢じゃない。信じたくないけれど現実だ。

目の前の光景に、秋月凱《あきづきまさる》は心の中で呟《つぶや》いた。

辛うじて声を出《だ》すのは堪《こら》えたけれど、本当なら絶叫したいくらいの理不尽《りふじん》さだった。

夕暮れ、人通りの少ない校舎の裏庭。倒《たお》れているのは、不良生徒がふたり。

どちらもそれなりに立派な体格だが、白目を剥《む》いて完全に気絶し、もう絵に描《か》いたような大の字で横たわっている。

こいつらが連れていた女の子たちは、一目散に逃げ去っている。

そして、このふたりをやっつけた当人は――

「キミ、怪我《けが》はない？」

いきなり満面のスマイル＆サムアップで凱へと振《ふ》り向いた。

長い髪。意志の強そうなくっきりした目鼻立ち。身長はまあ標準の範疇《はんちゅう》で、今どき珍しいくらいのシンプルなセーラー服の上からバランスの取れたプロポーションがわかる。

多分、世間相場で言ったら相当の美少女という事になるのだろう。

凱にとってはどうでもいい事だが。

第一、今は外しているが、現れた時の「あの格好」はちょっとやそっとの美貌《びぼう》なんて関係ないくらいの、他人を退《ひ》かせるマイナスポイントだ。それに、妙なモノが一緒だったし。

というか、今もここにいるし。

客観的に見れば、助けられた事になるのだろう。

不良ふたりに絡まれているところに、彼女がいきなり現れてそいつらをノックアウトしたのだから。もっとも、ちっとも望んだ事ではないのだけれど。

「怪我《けが》はないが、助けられたくもなかった。お前が変なちょっかい出《だ》さなくても、オレはこの程度の奴《やつ》には負けないし」

地上の大の字ふたつを指差す。

「脳内格闘の秘伝技とかあるの？　そういうの、実戦じゃ通用しないからアテにしない方がいいよ。ほら『生は病気で、毛ガニはもっと』っていう言葉があるじゃない？　ちゃんと加熱調理しないとお腹《なか》を壊すって。スベスベマンジュウガニとか毒があるし」

「……もしかして、それは『生兵法《なまびょうほう》は大怪我《おおけが》のもと』と言いたいのか？　中途半端にしかマスターしてない事を実戦で使っても失敗するだけっていう」

「そうそう。そうとも言うね」

「そうとしか言わない」

「それにキミ、こいつらに比べてパワーとかなさそうじゃない？」

ありえない勘違いをした少女は、倒《たお》れているふたり組を指した。

凱《まさる》と同じブレザーの制服だが、体格は全然違う。

自慢《じまん》じゃないが凱は端正な顔で、身体《からだ》も細身。女顔《おんながお》とか言われる事さえある。普通に考えたら、頭半分も違う男ふたりと戦って勝てそうには思えないだろう。

「それ言ったら、お前の方が勝率低そうだろーが！　背はオレより低いし、女だし」

「あ、女の子だからって、か弱いっていうのは偏見だよ」

「それはわかってる！　論点をズラすな！」

「困ってる人を見たら助けるのが当然でしょ。特に、正義の味方にとっては」

恥ずかしげもなく『正義の味方』のところで立てたままの親指を自分の顔に向ける。

「誰《だれ》が正義の味方だ、誰が？」

「日本語通じない？　あたしが正義の味方って言ったでしょ」

「お前には皮肉《ひにく》が通じないのか？　ああ……こいつらの後始末《あとしまつ》、どうすんだよ？　ゲームの雑魚《ざこ》キャラじゃねえんだ。倒したら自然に消えてくれるとか、そういう便利なシステムにはなってないぞ、この世は」

「気絶させただけだし。放《ほう》っておけばそのうち目覚めるよ。その程度の加減はしたもの。あ、それに、さっき逃げていった女の子たちが戻ってきて片付けるかも知れないし」

「お前の脳ミソは、あの娘《こ》たちが警察とか仲間とか呼んでくるという可能性は想定できない、そういう素晴らしい仕様か？　何世代前の品だ？」

「仲間が来たってあたしがやっつけるし、警察も平気でしょ。こっちは正義の味方なんだから。何《なん》にも困らない」

「だからオレが困ってるんだよ！」

もう半分涙声で叫ぶしかない。

「ああ……これがきっかけで無駄《むだ》に騒《さわ》ぎとかになって、任務に失敗したらどうすんだよ！」

「任務？」

しまった。これは、軽々しく部外者に言ってはいけない事だった。

慌てて口唇《くちびる》を閉じたけれど、もう遅い。

「正義の味方」を自称する少女は、興味津々《きょうみしんしん》の瞳《ひとみ》で凱を見上げている。

「任務って何《なに》？　悪い奴《やつ》と戦ったりするわけ？　だったら、これで解決じゃないの？」

「そういう単純な話じゃねえ！」

「そーいう話があるんだったら、この春日部弐華《かすかべにけ》としては見過ごしちゃおけないのよね！」

「だから人の話を聞けっ！」

これは最悪の展開だ。現実じゃなくて悪夢だったらどれほど気楽か。

だが、これは現実だ。

「ヒヒィ――――ンっ！」

弐華《にけ》が乗ってきた白馬が高らかに嘶《いなな》きを上げるという不条理《ふじょうり》があっても、やっぱり現実なのだ。

第一章　颪に呼ばれた変な奴《やつ》

問題は、校章の色だ。

一年生は青、二年は緑、三年は赤というかえんじ色。どの色でも構わないのだ。しかし、銀の地にマークがそれぞれの色で描かれているか、色の地に銀で形が抜かれているのかで全《すべ》てが変わる。

秋月凱《あきづきまさる》は襟《えり》のバッジに指先で触れながら、目の前に広がるフェンスを見上げた。見て確かめる必要はない。ハート形をアレンジした校章は緑色。銀地の校章は、このゲートの内側に入る資格がない事を示している。

壁は柔らかなアイボリーに塗装《とそう》され、鋼鉄の門扉《もんぴ》もアラベスク風の透《す》かし模様が入っていて、ほとんど威圧感はない。

全敷地の半分を占める、この学校の真の姿を体現する場所。

だがしかし、同じ高校の生徒であってもこの塀《へい》の中に出入りできるのは、選ばれた者だけだ。比率から言うと選ばれざる一部の者だけが排除されているというべきか。いずれにせよ、凱がひとりで——ひとりきりで内側に踏《ふ》み入る事は許されない。

「……仕方ないか……」

顔をしかめると、整ってはいるが神経質そうな顔がさらに険しくなった。周囲に視線を走らせる。今は放課後。もう午後六時近いので、晩春の太陽《たいよう》はかなり西に傾いている。生徒の姿は少ない。

完全に陽《ひ》が落ちるのを待って、塀《へい》の中に侵入するか？

高さは三メートル弱。有刺《ゆうし》鉄線も張られていなければ、赤外線や感圧センサーが仕掛けられてもいない。厳重な警報装置は内部の仕切《しき》りではなく、校門に設置されている。

目の前のフェンスなど地面にチョークで引かれたラインほどの意味もない。乗り越えるのはたやすい。表面にいくらかでも凹凸《おうとつ》があれば、フリークライミングで登る技術はある。

だが、それは最後の手段だ。夜に忍びこんでも、他《ほか》の生徒の様子は把握《はあく》できない。危険を冒《おか》して突入しても、有益な情報が得られなければ相手の警戒を強めるだけに終わる。

失敗は許されない――この学校に潜む陰謀を探り、暴く『任務』に就いている以上は。

もうひとつの、合法的な手段が凱《まさる》の脳裏を過《よぎ》る。

「冗談じゃねえ！　そんな事できるか！」

思わず独《ひと》り言《ごと》が漏《も》れてしまった。

その手段は、凱にとっては何《なに》が何《なん》でも忌避《きひ》すべきものだ。

ひとりではなく、パートナーを見つけてきちんと書類で申請する――彼女を作って『生徒会公認恋人』になるなんて方法は。

「あれ？　秋月《あきづき》くん……だよね？」

ゲートの中から、見知った顔が出てきた。同じクラスの野口洋《のぐちひろし》だ。転校してきてもう一週間。向こうから覚えられるのはもちろん、凱の方は同級生全員の名前も顔も滞《とどこお》りなく記憶している。

野口が制服に着《つ》けた校章は緑の地色《じいろ》。しっかりと一年生の彼女と手をつないでいる。青地の校章の、おとなしそうなうつむき加減の女の子だ。

開いた門のすき間から見えたのは、小さな公園とショッピングモールを組み合わせたデートコースのコンパクトなサンプル。

繰り返すが、ここは校内。校舎そのものからは離れているが、間違いなく学校の敷地の中なのだ。

「よ、よう。そっちは今まで中にいたのか？」

「うん。せっかく清恋《せいれん》高校に入学したんだしね。〈公認恋人〉だと何かとお得だし。秋月くんも、それが目当てで転校してきたんでしょ？」

「そ、そういうわけじゃないんだが……」

ごまかして笑うしかない。本当の目的に、気付かれるわけにはいかない。

「ごまかさなくていいって。だったら清恋選ぶ必要なんてないし。ね、ヒナちゃん？」

「うん」

野口《のぐち》の甘ったるい口調に、ヒナと呼ばれた一年生は満面の笑みで答えた。

「オレは別に女の子に興味はない。彼女が欲しいとも思わん」

「嘘《うそ》でしょ？　そんなはずないよ。今いないからってやせ我慢しなくてもいいって。素直《すなお》になろうよ。それとも、秋月《あきづき》くんってあっちに何《なに》か問題でもあるの？」

「やだぁ、ヒロくんってば！」

ヒナは真っ赤な顔で、だけど嬉《うれ》しそうに野口の背中をぴたぴた叩《たた》いた。

「あっちって何《なん》だ！　あっちって！」

「大丈夫だよ。真性なら手術に保険も利《き》くし」

「違う！　断じて違うっ！」

彼女がいる時にどういう話をするんだ、こいつは。それとも、要するにそういう話までできちゃう間柄《あいだがら》だと、さりげなくこっちに自慢《じまん》しているつもりなのか。

見ると、ヒナは困ったり照れたりせず、嬉しそうな表情で小さく身をよじっている。

ほれ見た事か。

女なんていうのは、いくらおとなしそうだろうが、清純そうに見せていようが、実態はこういうモンだ。多分、野口のような奴《やつ》は『そこがいい』とか言うんだろうが。

「スパムメールの広告に騙《だま》されて変な薬、通販で買うのはダメだよ。粗悪《そあく》品とか偽物がいっぱいあるからね。恥ずかしがらずに専門医に相談するのがいちばんいいと思うんだ」

「それも違う！」

いきなり声に出てしまった。顔に出《だ》さないはずだったのに。

「そ、それじゃ……まさかＢＬの人？」

「違うっ！　何でそこで怯《おび》えたように身をすくめるっ！」

手をつないだままのヒナが、きゃーきゃー嬉しそうな声を上げる。

「ダメだよ、秋月くん。確かにウチは恋愛も勉強のうちだけど、同性愛はちょっとね。〈公認恋人〉制度の対象外だし」

「だーから、違うって言ってるだろ！」

「恋人がいらないなら、清恋《せいれん》に来る必要ないでしょ？　ああ、彼女とデートするだけで単位がもらえるなんて夢みたい。ホント、高校新法《しんぽう》のおかげだね」

「あー、そうかい」

嬉しそうに頷《うなず》きあう野口とヒナに、凱《まさる》は冷ややかな眼差《まなざ》しを送った。

何がヒロくんだ。何がヒナちゃんだ。何が高校新法のおかげだ。

確かにユニークな学校の設立を推進し、生徒の自治を拡大した高校新法のおかげで「恋愛を授業に取り入れる」という清恋高校みたいな学校も生まれた。

だが、その法律のせいで苦労している人間だっている。例えば凱のように。

「じゃあボクたちは帰るけど、秋月くんも元気出してね。ちゃんとお医者さんに相談した方がいいよ。機能性だけじゃなく、心因性《しんいんせい》って事もあるからね」

「だーからーっ！　違うっつーてんだろーが」

野口《のぐち》たちはお手々つないで去っていく。彼らだけではない。フェンスで囲まれた〈公認恋人デートコース〉からは何組かのふたり連れが、ある者は手を握りあい、ある者は肩を寄せ、夕暮れの校門へと消えていく。

「……ったく……楽しそうに恋なんかしてんじゃねえよ」

別に恋人ができないのが不満なのではない。見栄《みえ》でも虚勢《きよせい》でもなく、それは本心だ。

単に凱《まさる》は、女性に希望や幻想を抱く奴《やつ》の気が知れないというだけだ。

主に、生《お》い立《た》ちというか家族のせいで。

だが〈公認恋人〉にならなければ校内でも侵入できないエリアがある。これでは「任務」に支障を来《きた》してしまう。

別に校内の全員にパートナーがいるわけではない。例えば、凱のクラスの委員長だってフリーの女子だ。適当な相手を見つけ、形だけ制度を利用するのが手っ取り早い。それは理屈ではわかっている。だが、どうしてもそういう手段を取る気にはなれない。

「くそ……っ！」

いらだちを抱えたままフェンスに蹴《け》りを入れつつ歩いていると、いつの間にか校舎の裏手に回っていた。

「あれぇ？　何《なに》してんの、お前」
どこか粘《ねば》つく声が、凱を呼び止める。
失態だった。考え事をしていたせいで、他人の接近に気づかなかったのか。
見ると、四人の生徒がこちらを見ていた。もちろん、男がふたりに女がふたり。全員、
校章は赤地に銀マーク。つまり〈公認恋人〉がふた組という事か。
夕方だというのに男の片方はサングラスをかけていた。もうひとりは整えてはいるけれ
ど似合ってない顎《あご》ヒゲ。ふたりとも長身で、肩幅も広い。女子はどちらも濃いめのメイク
が制服とは不釣り合いだ。
「八つ当たりで壁蹴ってたか？　たまぁにいるんだよなぁ。自分が相手いないからって、
しょーもない嫉妬《しっと》して校舎とかに当たる奴がよ」
「清恋《せいれん》に来てもカノジョできねえって、どんだけモテねえんだよ、お前」
顎をしゃくらせる男ふたりに続いて、女たちも大きく口を開けて笑う。
「あ、あの……ごめんなさい。オレはこれで……」
「待てよ」
肩をすくめ、背を丸めて立ち去ろうとする凱の襟首《えりくび》を、サングラスがつかんだ。
「オレたちさぁ、これから遊ぼうと思ってんだ。ほら、校内コースだけだと健全すぎっか
らよ。で、ちょっと予算が厳しいんだわ。お前、資金援助するよな？」

「そうそう。清恋《せいれん》じゃきちんと恋愛してる奴《やつ》が偉《えら》いんだ。お前みたいな童貞ちゃんは、オレたちをちゃんと尊敬して助けるのが筋《すじ》ってモンだろ」

「確かにそういう校風だけど、恋人がいない人を見下しちゃいけないって言いますよね？　高校生としての節度を守って夜遊びは慎《つっし》むべきとも……」

「うるせえ！　黙って出《だ》すモン出しときゃいいんだよ！」

サングラスがブレザーの前襟《まええり》を強引に引き上げる。

高校新法《しんぽう》は、別に山積みだった問題を全部解決したわけではない。というか、ユニークすぎる方針の学校の乱立はさまざまな新しいトラブルを生んだし、以前と同様に素行《そこう》の悪い生徒はどこの学校にだって存在している。

だから、そういうトラブルを解決する人間も必要になる。

例えば——凱《まさる》のように。

凄《すご》み、襟を締《し》め上げているが、既にこのふたりの実力は見切った。

別に腕力はいらない。簡単なテコの原理で、相手が逆らえずに身体《からだ》を浮かしたところを足払いで転倒させる。二対一だ。単に転ばせば脚《あし》をつかまれる恐れがあるが、大怪我《おおけが》はせずに確実に戦闘力を奪うような手加減は難しくはない。むしろ得意技だ。

サングラスを倒《たお》した後はすぐにヒゲの関節を取って動きを封じる。たやすい相手だが、仲間を呼ばれたりすると少々やっかいだ。即座に片付けるに限る。

『失礼。彼女の前で無様《ぶざま》な姿をさらさせてしまったかな。まあ、君たちの弱さと愚《おろ》かさが招いた結果だ。甘んじて受け取れ。女の子ふたりで君たちの身体を抱えて引き揚げるのは、少々酷かも知れないがね』

そう吐き捨ててお終《しま》いだ。

「……何《なに》してんだよ、おら！」

凱が想像している間にも、サングラスの怒声は止まらない。

うぬぼれとか、妄想じゃない。さっきのは実力差に基づいたシミュレーションだ。手を出さないのは不安ゆえではない。

清恋高校にやってきた目的——即《すなわ》ち、この学校で行われているという「重大な不正」を調査し、解決するという任務を果たしてない以上、余計な騒《さわ》ぎを起こせば今後の活動に支障を来《きた》す。

それに、思い切り格好つけて万が一にも滑《すべ》っちゃったら立ち直れないじゃないか。

何《なん》とか穏便にこの場をくぐり抜ける手段は——。

その時、不意に乾いた音が凱の耳を打った。

最初は幻聴《げんちょう》かと思った。

この場にはありえない。それどころか、現代の日本では普通に耳にする事そのものが珍しい音だったから。

ぱか、ぽこ、ぱかっ、ぽこっ。

馬の足音だなんて。

硬質なリズムを規則正しく刻みながら、その影は真っ赤な夕陽《ゆうひ》を背負《しょ》って真《ま》っ直《す》ぐ凱《まさる》たちに近づいてきた。

間違いなく馬だ。しかも白馬。

鞍《くら》に跨《また》がっている人影は、目深《まぶか》にかぶったテンガロンハットとポンチョのせいで年齢も体格もわからない。おまけに背中にはアコースティックギターを背負っている。それも色は白かった。

高音の口笛が、どこかで聞いたようなメロディを奏《かな》でている。

「……何《なん》だ、お前……？」

サングラスが、ぽかんと口を開けた。襟《えり》を引っ張られていた手が緩んだせいで、凱は無《ぶ》様《ざま》に尻餅《しりもち》を突いてしまった。

「正義の味方よ」

口笛が止み、馬上の影が明るいソプラノが答えた。

予想外《や》――というか、何《なに》か予想していたわけではないのだけれど――の答に、凱もぽかんとポンチョを見上げるしかない。

「正義の、味方ぁ……？　あははは！」

「何、それ。頭おかしいんじゃないの？」

立ち直るのが早いのか。それとも最初から状況の異常さを正確に把握《はあく》していないのか。

濃いメイクの少女たちが大声で笑った。

「おかしいって言うなら、悪がまかり通って正義が為《な》されない事の方がおかしいのよ」

ばさっとポンチョを翻《ひるがえ》した下は、シンプルなセーラー服。サムアップした親指でくいっとテンガロンハットを押し上げると、くっきりした目鼻立ちと長い髪があらわになる。

タイミングよく吹き抜けた一陣の風が、その髪を躍らせる。

「風が、あたしを呼んだの。この世に悪があり、弱い者が理不尽《りふじん》な力に苦しめられているのなら、必ずそこにあたしは現れる」

脱ぎ捨てられたポンチョが、足下ではためいている。

「いや、待て！」

半《なか》ば反射的に、凱は反論してしまった。

「オレ、別に弱くないから！　弱い者とか言われるの心外《しんがい》だから！」

「実際、キミ、カツアゲされそうだったじゃない。大丈夫、ここはあたしに任せて。正義の味方、春日部《かすかべ》弐華《にけ》が来た以上、これ以上の悪は許さないっ！」

「人の話聞けよ！」

端正で意志の強そうな顔に笑みを浮かべ、弐華と名乗った少女は馬上からジャンプした。

空中で無駄《むだ》にくるくる回転し、華麗なポーズで着地する。

衝撃で、背中のギターがデゥンと鳴った。

何者なんだ。この女？

何故《なぜ》テンガロンハットにポンチョ？

どうして白いギター？

何《なに》ゆえに馬？

タイムスリップしてきたという可能性はない。凱《まさる》が知る限りこんな絵に描《か》いたような、というか恥ずかしくて絵にも描けない西部劇スタイルとセーラー服が共存していた時代なんて人類史には存在しない。

それに、制服のポケットからはみ出《だ》した携帯電話のストラップやデジタルプレイヤーのインナーフォンは紛れもなく現代の品だ。

「『天王星《てんのうせい》が痒《かゆ》くてもソニンはモデル』って言葉があるわ。つまり、宇宙の彼方《かなた》で理不尽《りふじん》な事態が起きても、地上には美しいものがあるって意味。悪は打ち破られるのよ！」

「は？」

弐華《にけ》に指差されて、ヒゲ男がぽかんと口を開ける。

「おい」

見かねて、凱が片手を挙げた。

「ひょっとして、それは『天網恢々疎《てんもうかいかいそ》にして漏《も》らさず』って言いたかったのか？　カイカイは痒みとは無関係。神様が張り巡らせる網は目が粗いけれど、悪事をスルーしないって意味の」

「そうとも言うわね」

「そうとしか言わねえよ。そこまで間違ってるのに、何《なん》となく意味は合ってるってのが、むしろオレには不思議だ」

「つまり、内容は正しいって事でしょ？」

あからさまな間違いを指摘されたのに、彼女は全《まった》く恥じ入る様子もなく胸を張った。

やはりタイムスリップ仮説を採用するべきか。そうでもなければ、この勘違いは説明できないような気がする。

「お前ら、何でオレたちを無視してんだよ、こら」

「言ってる事はわかんねえが、要するにオレたちの邪魔するって事か？」

ヒゲが、弐華を脅《おど》そうとナイフを取り出す。磨《みが》かれた銀色の刃が、夕陽《ゆうひ》を映してぎらぎらと光る。

「やっちゃいなよぉ。そんな奴《やつ》」

刃物を見ても強気の笑顔を崩さない弐華が気にくわないのか。連れの女の子が気《け》だるい声で囃《はや》す。

「そっちが得物出《えものだ》すなら、こっちも遠慮しないよ！」

そう言って弐華《にけ》が取り出したのは、フォールドタイプの携帯電話だった。

何《なん》のデコレーションもない。地味なストラップがひとつ付いただけのシンプルなピンクのボディが、少女には不似合いだと凱《まさる》は思った。何《なに》しろ本人は白馬に白いギターと、必要以上に派手なのだから。

「警察とか呼ぶ気か？」

焦り、ヒゲが飛《と》びかかった。

弐華の手の中で携帯電話がパカッと開き――さらにふたつに分かれた。

展開したパーツがジョイント部で分離したのだ。

正確に言えば、ワイヤーでつながっているが。

「はぁっ！」

気合いとともに振《ふ》られた携帯電話が、ヒゲのナイフを弾《はじ》き飛ばす。

携帯電話と呼ぶのは正しくない。それは、偽装《ぎそう》したヌンチャクだ。

「けぎゃっ！」

敏感な手先に衝撃を受け、ヒゲが奇妙な悲鳴《ひめい》を上げた。

「はぁあああああっ！」

右手に握ったヌンチャクが肩から脇《わき》を通って左手に。そこから左右にスイング。背中を通ってまた右手に。加速された打撃を眉間《みけん》に受け、ヒゲ男が倒《たお》れる。

「ひっ！」

サングラスの顔から血の気《け》が引いた。

遅すぎる反応だ――あっけに取られながら、凱にはそんな評価を下す余裕があった。少なくとも馬からアクロバティックに飛び降りた時点で、並じゃない体術の使い手である事は予測して然《しか》るべきだ。

頭の中身《なかみ》が並じゃないのは、馬に乗って現れた時点で明らかではないか。

「おとなしくそいつを担《かつ》いで帰ったら？　女の子ふたりが残って、気絶したあんたたちを引きずっていくってのは、ちょっと酷でしょ？」

言った。

言いやがった、この女。

さっき凱が想像はしたけれど口にはできなかったセリフを、ほぼそのまま言ってのけた。

『天網恢々疎《てんもうかいかいそ》にして漏《も》らさず』は間違ったくせに。

しかも、ひとり片付けただけというマズいタイミングで。

「う、うるせえっ！」

サングラスがナイフを取り出し――いきなり凱に襲いかかった。

ある意味では、これも凱の予想通りだったが。

相手は強く、状況は不利。だけど女連れだから無様《ぶざま》に逃げるわけにもいかない。もともと美意識も正義も関係なさそうな奴《やつ》がこんな時に取るパターンは決まっている。

羽交《はが》い締《じ》めにされ、首筋にはナイフの冷たい刃が触れた。

「こ、こ、こいつの命が惜しかったら、その変なケータイ捨てろよ」

当人はがっちり押さえているつもりだろうが、何《なん》のスキルもない素人《しろうと》の仕事だ。うろたえきっていて、刃物を向けられた凱《まさる》が平静な事にさえ気づいていない。その気になれば、というかならなくても簡単に振《ふ》り解《ほど》ける。

だが、凱が行動を起こすよりも先に、弐華《にけ》はケータイヌンチャクを捨てた。

「へ、へへ……案外聞き分けいいじゃねえか」

「だって同じ技でやっつけるのって芸がないし、カッコ悪いじゃない？」

「なっ？」

一瞬の虚《きよ》を突き、弐華は笑顔のまま半歩間合いを詰めた。

短いスカートを翻《ひるがえ》し、パンツが見えるのも厭《いと》わぬダイナミックな伸身《しんしん》後方回転からそのまま前蹴《まえげ》りを放つ。

中身《なかみ》は、白地に青のストライプ。

右足がナイフを蹴り飛《と》ばし、わずかな差で上昇してきた左が顎《あご》の先端にヒットする。打撃の強さではなく、頭を揺さぶって気絶させるための的確な攻撃。

サングラスが飛ばされた後に残ったのは、威圧感ゼロのタレ目だった。

凱の拘束が解け、男が倒《たお》れる。

「きゃあっ！」

ツーテンポほどズレたタイミングで、女生徒ふたりが悲鳴《ひめい》を上げた。そのまま、倒れた彼氏を置き去りに全力ダッシュで遠ざかっていく。

残されたのは、気絶状態の大の男がふたり。

「キミ、怪我《けが》はない？」

――てなわけで、秋月《あきづき》凱は極めて不本意かつ不条理《ふじょうり》な状況で春日部《かすかべ》弐華と知り合ってしまったのだ。

しかも「任務」の事までうっかり口走ってしまった。

「ね！　早く教えてよ。任務って何の話？」

「ここでする話じゃねえ！」

「じゃ、別なところに行けばいいわけ？　シルバー！」

ピュイっ！

指笛に応《こた》え、白馬がブルル……と息を震わせながらおとなしく首を下げて寄り添う。

「乗って！」

いつの間にかポンチョやギターも拾い上げ、参上した時と同じスタイルで鞍《くら》に跨《またが》った弐華が馬上から招く。スカートの短さからすると、際《きわ》どいどころじゃ済《す》まない格好だ。

「ひとりでどこへでも行け。さらば。もう二度と会う事はない、というか会いたくない」

「いいから！　話、聞かせてよ！」

「わっ！」

弐華《にけ》は片腕で凱《まさる》を引っ張り上げる。下手《へた》に逆らって馬が興奮でもしたら、最悪怪我《けが》程度じゃ済まない。仕方なく後ろに同乗《どうじょう》する。鞍《くら》は本来ひとり用だから、ぴったり身体《からだ》を密着させるしかない。胴に腕を回すと、一撃で男を昏倒《こんとう》させるとは思えないほどの細くて華奢《きゃしゃ》なウエストだった。

「いい？　しっかりつかまっててよ！　ただし、変なところは触らない事！」

手綱《たづな》を取り、弐華は白馬をスタートさせた。

目立つのは避《さ》けられないが、幸い清恋《せいれん》高校が位置するのは郊外だ。裏通りを通って人目につかない山の方に向かえば――という凱の淡い期待はあっさり裏切られた。

「何《なに》？　あれ？」

「馬だぞ、馬！」

「ままー、おうまさんだよー。おうまさーん」

「しっ！　指差しちゃいけません」

「警察呼ばなくていいの？」

郊外というのは人口密集地じゃないが、人里離れた山奥でもない。つまり、そこから市の中心部に向かえばいくらでも人通りはあるという事だ。残業がなかったサラリーマンやら、遅めの買い物帰りの主婦やら、部活の練習を終えて帰宅する中学生やら。

「お前、何《なん》のつもりだ？」

「えっと、確か馬って法律上は自転車とかと同じでしょ？　公道走っちゃいけないって事はないよね？」

「法律的解釈はそれで間違いないが、常識とか世間体《せけんてい》とか考えろ！　もっと目立たない方へ行け！」

スピードに乗ってなびく弐華の長い髪に顔をくすぐられながら、凱は必死に訴える。

「最近引っ越してきたからこのあたりの地理、よく知らないんだよね」

「オレがナビゲートする！　とりあえず次の交差点を右だ。それから南に向かえ！　人気《ひとけ》のない河原《かわら》に出るから」

「ＯＫＯＫ、任せといて！」

別に、無理に逆らって凱を困らせるという意図はないらしい。弐華が操る馬は、おとなしく河原に到着した。いつの間にか太陽《たいよう》は沈みかけ、周囲の風景は鮮やかなバーミリオンに染まっていた。

「下りろ」

「シルバーはあたしの馬よ。あなたに指図《さしず》される覚えはないわ」

「いいから下りろ！　さすがに馬に乗ったまま話をする趣味はない」

「奇遇ね。あたしも、そういう趣味の人って聞いた事ない」

「いてたまるか！　冗談だ、冗談！」

「あははははっ！　そっか、ジョークね。確かにね。よっ……と」

ほぼ同時に下馬《げば》し、凱《まさる》は弐華《にけ》と向かい合った。

「えっと……弐華とか言ったな？」

「そうよ。春日部《かすかべ》弐華」

脱いだテンガロンハットをくるくる回しながら、少女は改めて名乗った。

変な名前、というのが率直《そっちょく》な感想だ。

中肉中背——と評するには多少違和感はあるかも知れない。

制服の上からでも身体《からだ》の線が際《きわ》だって見えるが、極端に胸が大きいわけではない。ウエストの締《し》まったメリハリある体形だから、実際のカップ以上のサイズに見えているのだ。

腕や脚《あし》も、しなやかな筋肉を適度な脂肪が包んでいるのがわかる。さっきの戦闘で明らかな通り、実用本位の機能美を備えているボディ。

アスリーテスの筋肉の善し悪《よあ》しにも——不本意ながら——凱は通じている。

外見だけでなく、技も奇妙だ。打撃系、組み討ち系、総合——何種類かの格闘技の基本は心得ているし、研究だけなら割とマイナーな流派も調べているが、弐華の動きはそのどれとも違う。ベースになっているのは空手に近いが、全体にモーションが大きく、必要以上に派手。強いて言えば、ハリウッド映画の怪しいカンフーに似ているか。

髪が今どき珍しいストレートロングなのは実用という点では疑問符がつくが、見た目の効果を優先しているとすれば納得はできる。前髪には適度なシャギーが入って、量の割に重苦しい印象はない。

容姿も動きも、一度見たらまず忘れないだろう。もともと記憶力には自信がある凱だ。だから、間違いなく初対面だと断言できる。

「さ。場所を移ったんだから答えてよ。キミの言う、任務とかって何《なに》？」

「その前に、オレから質問させろ。……そうだな。いろいろ訊《たず》ねたい事はあるが、まず確認しておきたいのは、お前はアレか？　外見は人類にそっくりだが羞恥心《しゅうちしん》がないという特殊な生き物か何かですか？」

「普通に人間だよ。羞恥心もあるし」

「羞恥心を有する人間は現代日本の街中《まちなか》を白馬で疾走しないし、テンガロンハットもポンチョもなしだ！」

「えー？　どうして？　カッコいいのに」

「……そこまでやるなら、いっそ棺桶《かんおけ》も引きずってろ」

ポンっ！

弐華《にけ》はいきなり手を叩《たた》いた。

「その手があった！　いやー、気づかなかったわ。ありがとね！」

「本気にするな！　ただでさえ迷惑なのにこの上パワーアップパーツを着《つ》ける気か？」

この女ならやりかねない。もしも本当に棺桶《かんおけ》引きずったジャンゴ状態になったら、その責任の一端は自分にあるという事になってしまうのか。

「お前は絶望的に常識が不足してるみたいだから、ひとつひとつ全部指摘する必要があるみたいだな。馬や帽子もそうだが、普通の女はそんな短いスカートでぱんつが見えるようなキックも出《だ》さん！」

「み、見えた？」

弐華の顔に微《かす》かな朱が差す。確かに彼女にも羞恥心《しゅうちしん》がある事が、初めて観測できた。

「見えるだろ！　それだけ短けりゃ！　見えるのが恥ずかしいなら、そんなスカートで蹴《け》りなんぞ出すな！」

「だ、だって！　こういう短いスカートで派手なアクションやって、それでも見えなかったらカッコいいかなーって思ったんだもん！」

真っ赤な顔で、今さらのようにスカートの裾《すそ》をぎゅっと引っ張る。

「だが、事実見えた。残念だったな、カッコ悪くて」

確かに映画やアニメじゃよくあるシチュエーションだが、そういうのはスカートがありえない角度ではためいていたり、極端なのだとどう見てもパンツが見えるはずの場所に素《す》肌《はだ》しか見えてないから「はいてない」呼ばわりされたりするのだ。

弐華の顔が、ますます赤くなる。どうやらパンツが見えた以上に、カッコ悪いと評されたのが恥ずかしいらしい。

頭痛がしてきた。本当にこの女は何者なのか。

「まさかとは思うが、お前〈キャビネット〉の〈ヴィジランテ〉じゃないよな？」

「Ｖｉｇｉｌｌａｎｔｅ？　確かにＶｉｇｉｌｌａｎｔｅだけど、何《なん》でその言葉が出てくるの？　ＶｉｇｉｌｌａｎｔｅがどうしてＣａｂｉｎｅｔと関係があるわけ？」

ＶとＬが完璧《かんぺき》な発音に、思わずつんのめりそうになる。やっぱり凱《まさる》のような「任務」に当たっている人間ではない。

「他《ほか》にも確認したい事は山のようにある。〈ヴィジランテ〉じゃないなら何者だ？　何のために清恋《せいれん》高校に来た？」

「言ったでしょ。正義の味方よ。風があたしを呼んだんだって」

「その説明で納得できるか！　だいたい風に呼ばれたってのは何だ？　風がお前にメール出したのか？　電話かけたのか？　ただの自然現象が携帯持ってんのか？　どうやって料金払ってる？　空気が引き落とし口座作れる銀行があるのか？　そもそも金をどうやって

稼ぐ？　噂《うわさ》を伝えたり発電の風車回したりすると風にバイト料が入るのか？」

「あたしの携帯コレだし。中はオモリ入ってるから、通話やメールはできないのよね」

そう言って弐華《にけ》はさっきのヌンチャクを取り出《だ》して見せた。

「そーいう問題じゃねえ！」

「あのね。風に呼ばれたっていうのはもののたとえに決まってるでしょ。そういう無粋《ぶすい》な事は口にしないの」

「無粋で悪かったな。どうせオレは白馬で現れたり、白いギター背負《しょ》ってたり、そういうしゃれっ気《け》はありませんからね」

「でしょ？」

「皮肉《ひにく》を理解しろ！　本気でアレがカッコいいと思ってやってんのか、お前は？」

「うん」

真顔《まがお》で、弐華はサムズアップする。

ダメだ。この女を理解しようとすると話がどんどん本筋から逸《そ》れていく。

扱いづらい女、やっかいな女、危ない女、恐ろしい女。

いろいろ慣れている凱《まさる》だが、弐華はそのどれとも違う新種の怪生物だ。

まったく、これだから女って奴《やつ》は。

「こう……何《なん》て言ったらいいのかな？　直感？　どこかで悪い奴らが悪い事をしてると、

臭《にお》いを感じるっていうか、ピンと来るっていうか」

「妖怪《ようかい》アンテナかよ……。まあ、自称正義の味方が善意の人だってのはとりあえず信じよう。だがな。余計な事されてこっちは迷惑なんだよ！」

「不良から助けてあげたでしょ？　別に感謝されたくてやってるわけじゃないけど、その態度はちょっとどうかと思うな」

「あのなぁ。別にオレは弱くないの。言っただろ。あの程度のふたりや三人、自力で片付けられる。これでも、腕には覚えあるんだ」

「そう言えば馬にも乗れてたね。ナイフも怖がってなかったし」

少なくとも、あの不良連中よりはちゃんと見ていたという事か。

「むしろ穏便に済《す》ませたいところを、お前が妙に派手にするから……。だいたいやり方がマズいだろ。あの状況でヘタに挑発したら、意地になって刃向《はむ》かってくるだろ！」

「え？　普通はあたしの強さとカッコよさに押されて、ぴゅーっと逃げ帰っちゃうんじゃないの？」

「どこの国の普通だ、どこの国の！　その単純さはアメリカあたりか？」

「確かに去年まで住んでたけどね。向こうでも素直《すなお》に感心してくれる人は少なかったなぁ」

「その時点で考え直せ」

「考え直したから日本でもやってみたんじゃない。どこかで通じなかったら諦《あきら》めちゃうなんて、それじゃつまんないでしょ」

「少しつまらない方がいいぞ。そこまで面白いとこの世に居場所がないからな。ああ……変に噂《うわさ》になって、明日からの任務に支障が出たらどーすんだよ」

「じゃあ、悪党《あくとう》を見逃した方がよかったとでも？　昔から言うじゃない。『義理をオミットすると、スティーブン・セガールだって夕方には亡き者』にされちゃうって言うじゃない。最強の男でも、人としての道が通じないところでは生きていけない。強い者は正しくなくちゃダメなのよ」

「……ひょっとして『義を見てせざるは勇無《ゆうな》きなり』って言いたかったのか？　勇気があるなら、正しい事をためらわず実行しろって意味で。ちなみに出典《しゅってん》は『論語』だ」

「そうとも言うわね」

「そうとしか言わねえよ！　間違ったんだから、少しは恥ずかしがるとかしろ！『せざる』と『セガール』じゃ接点少なすぎねーか？」

「一文字じゃない。ちゃんと通じたから問題ないでしょ？」

「これは通じたんじゃない。オレが『解読』したんだ」

「つまり理解したって事でしょ？」

「自信があるって言うなら一〇〇人相手に同じ事を言ってみろ。多分、理解できないのが一〇五人だ」

「計算合わないわよ」

いちいち指を一本ずつ折り、グーになった手を弐華《にけ》は示した。

「あまりの理解不能っぷりに頭が混乱して人格分裂する奴《やつ》が五人くらい出る」

「なるほどね」

ポン。

「手を打つな、手をっ！　ああ、どうしてオレは、こんなところで漫才《まんざい》やってんだか」

「漫才なの？　あたしは、至って真面目《まじめ》なつもりなんだけど」

「それがもう漫才だ。いや。現代日本で、白いギター背負《しょ》ってテンガロンハットで馬に乗って現れる正義の味方は漫才というより、もっとおぞましく名状しがたき何《なに》かだ。少なくともこれを漫才やギャグと言ったらコンテストや劇場や寄席《よせ》で真面目に笑いを追求している人が気の毒になる」

「だから、あたしは真面目なの。キミの方がよっぽど変なジョークばっかり喋《しゃべ》って」

「これはお前に対する皮肉《ひにく》だ。お前が存在しなければ、オレはこういう事を言わずに済《す》む」

「それって、何《なん》だかすごくいい加減な責任転嫁《てんか》みたいな気がするんだけど。キミにだって、主体性ってものがあるでしょ？」

いかん。またしても本題とは関係ないところで話が高速回転している。

これはエネルギーの浪費《ろうひ》だ。地球温暖化の一因だ。

「だいたい、あたしに助けられる被害者じゃないなら、キミこそ何者なの？」

期せずして、向こうから凱《まさる》が望む本題に踏《ふ》みこんでくれた。

ここまで話が通じないとなると、下手《へた》にごまかすより事情を全部説明した方がいいのかも知れない。できれば、自分じゃなく上司の口から。そうすれば事態の収拾は上司の責任であって、凱の担当じゃなくなる。

「わかった。全部説明する。オレの素性《すじよう》も〈ヴィジランテ〉の事も。ただ、上の人間の判断を仰ぐ必要があるから、オレの学校に一緒に来てくれ」

「キミの学校って……さっきのところじゃないの？」

「あそこは『任地』だ。待ってろ。まだ会長がいればいいんだが……」

きょとんとしている弐華《にけ》を無視して、凱は携帯電話を取りだした。

「いいか？　携帯電話本来の正しい使い方というのは、他人と通話やメールで必要な連絡を取る事だ。決して他人をぶん殴る事じゃない」

「そのくらいわかってるわよ。あれは、携帯電話に見せかけた武器だし」

相変わらずこの女には皮肉《ひにく》が通じない。

凱が落胆していると、相手に電話がつながった。

彼女は彼女で面倒な人なのだが、まだ慣れている分だけひとりで弐華の相手をするよりは疲れないだろう。未知の病原菌より見慣れた猛獣の方がまだしも安全という事か。

第二章　正義の味方・イズ・ノット・イージー

私立銀雲《ぎんうん》学院は、清恋《せいれん》高校のある街から私鉄でふた駅しか離れていない。「その程度なら、あたしのシルバーで」と言う弐華を説得し、普通に電車で最寄《もよ》り駅に着《つ》いた頃《ころ》には、すっかり陽《ひ》は落ちていた。ちなみにシルバーは勝手に帰宅するらしい。いろいろツッコみたい凱だったが、もうあの馬に関しては目の前から消えてくれただけで満足だ。というか、満足という事にしておきたかった。

モダンで機能的な清恋に比べ、戦後ほどなく開校された銀雲の校舎は風格ある洋風建築だ。もちろん何度も改装されているが、それでも生徒会室などは無駄《むだ》に天井が高く、調度品も無駄に豪華で威圧感さえある。

今はカーテンで閉ざされた窓を背に、柔らかな椅子《いす》のクッションに沈みこむようにひとりの少女が座っていた。

小学生にも見えるあどけない顔立ち。やや色が薄く、柔らかなウェーブのかかったふわふわの髪には、レースのリボン。大きな執務机の陰に隠れてしまいそうなほど小柄なせいもあって、まるでインテリアとして飾られたアンティークドールにも見える。黒を基調に銀糸で刺繍《ししゅう》が入った銀雲の制服も、彼女がまとえばクラシカルなドレスを連想させた。

「……それで、急用というのは何《なに》かしら、秋月《あきづき》くん？」

机に両肘《りょうひじ》を突き、細い指を組んだ手の甲に細い顎《あご》を乗せ、晦《つごもり》奈々佳《ななか》は微笑《ほほえ》んだ。

外見にふさわしく、声もかわいらしいソプラノだ。

だが、凱《まさる》は知っている。彼女が一筋縄ではいかない存在だという事を。

見た目の第一印象が重要な事は否定しない。確かに奈々佳は他人に好印象を与え、庇護《ひご》欲を抱かせる外見だ。しかし、それだけで銀雲《ぎんうん》の生徒会長にはなれないし、まして〈キャビネット〉関東一区事務総長は務まらないのだ。

「あなた、現在は清恋《せいれん》高校に潜入《せんにゅう》調査中でしょ？　途中で本校に顔を出《だ》すのは好ましくない事だわ。事情次第では、上司としてあなたの査定を考えなければなりません」

あくまでも柔らかい口調で奈々佳が告げると、傍《かたわ》らの席で秘書役の元木《もとき》君貴《きみたか》がさっそくパソコンを操作している。何《なん》らかの処分が下された場合、即座に手続きをするためだ。

「電話でも多少説明しましたが――」

同じ二年生だし、職務の分担として指揮官と現場要員ではあるが〈キャビネット〉参加者という点では対等のはずだ。それでも凱が奈々佳相手に敬語になってしまうのは、礼儀とか彼の性格だけが理由ではない。

もっと根源的な、何というか――そう、畏怖《いふ》だ。

この一見《いっけん》無垢《むく》そうな笑顔の下に潜むしたたかな知略への。

「任務中に、この女と遭遇《そうぐう》してしまうという予想外の怪事件というか、超常現象が起きてしまって、直属の上司たる晦《つごもり》奈々佳《ななか》事務総長の判断を仰ぐべきと考えた次第です」

プレッシャーを感じつつ、慇懃《いんぎん》な口調に皮肉《ひにく》のニュアンスを込める。

「秋月《あきづき》くん。要するに、それは現場要員の権限で処理できない、あなたの手に余《あま》る事態という事かしら？」

にっこり笑ってポーズは変えず、奈々佳は視線だけを凱《まさる》に送った。

「い、いいえ。そうじゃなくって……」

「まあ、いいわ。電話で聞く限り、彼女、なかなか面白そうな人みたいだし。春日部弐華《かすかべにけ》さん。あなた、改正高等学校運営基本法《かいせいこうとうがっこううんえいきほんほう》、いわゆる高校新法《しんぽう》はご存じ？」

「ちょっと前までアメリカにいたからね。あまり詳しくはないよ」

下方からなのに見下ろすような奈々佳の上品だが尊大な態度に、弐華は一歩も退《ひ》かない不敵な笑みで、手にしたテンガロンハットをくるくると回す。

「何年も前から、少子化《しょうしか》に伴《ともな》って小中学校や高校が次々と統廃合《とうはいごう》されました。さらに大学まで定員割れで無試験入学どころか経営難による倒産が相次ぎ、一方で一部の名門大学だけ倍率が上昇。受験対策では予備校の方が抜きんでているため、いわゆる『普通高校』の需要は著《いちじる》しく低下していったのです」

よく通る丁寧な口調で、奈々佳は説明した。

ただでさえ不登校だとかニートだとかの問題が山積みになっているのだ。政府としては、学校くらいは盛況《せいきょう》じゃないと困る。

そこで、五年前にでっち上げられた——もとい。可決されたのが高校新法だ。

『より個性的なカリキュラム』

『将来の職業に直結した学習』

『生きる力が身につく教育』

エトセトラエトセトラ。

「まあ、耳に心地よいフレーズだけは大安売りして、大胆というよりも大ざっぱと呼んだ方がいいような、大規模だけどいい加減な改革を実行したの」

即《すなわ》ち、高等学校の設立と認可の基準を大幅に緩和。さらに、一定の共通科目さえ規定通りの授業数をこなせば、それ以外にかなりユニークな——これは、控《ひか》えめな表現——授業を行えるようになったのである。

統一単位制も導入し、転校手続きも簡単なものに改めた。つまり、いろんな学校を「お試し」「つまみ食い」で渡り歩いても、共通科目の単位さえ取得すれば卒業できるのだ。

例えば、清恋《せいれん》高校は「恋愛教育」を看板として掲げている。

これは、まだまともな方だ。

凱がこれまで転校してきた中には「暴力が支配する世紀末の荒野《こうや》でのサバイバルを教え

る」とか「恐怖の大王が降臨《こうりん》した時に立ち向かう『光の聖戦士』を育成する」なんて学校があったのだから。もうとっくに二一世紀なのに。

このあたりはまあ実際にはほとんど無害だが、中には「霊感商法や振《ふ》りこめ詐欺《さぎ》に対抗する手段を身につける」という触れこみで、逆に詐欺のテクニックを教えているとんでもない高校まであった。

「……どうもピンと来ないんだけど……それで問題とか起きないの?」

「もちろん、起きるわ。いくらでもね」

「そのために作られたのが〈キャビネット〉ってわけだ」

いい加減な法律を通してしまったが、政府文部科学省上層部だってバカではない。いや。正確には、どうしようもなくバカなのだけれど責任逃れのノウハウは長年蓄《たくわ》えてきたというべきか。その方面に抜かりはないのがお役所仕事という奴《やつ》だ。

『高等学校に関する各種制度の大幅な自由化』に伴《ともな》い、不正やトラブルを解決する権限も高校生たちによる自主的な機関に委任したのである。うっかり新しく監視機構法人なんかを作ると、天下《あまくだ》り先とか批判を受けるが、高校生自身がやるのなら問題はない。

こういうやり口を、普通の日本語では丸投げとか責任放棄とか言う。

全日本高等学校生徒自治会連合特別治安委員会——通称〈キャビネット〉。

各校の自治はきちんと実施されているか。規則や法律は正しく運用されているか。特定企業との不正な癒着《ゆちゃく》はないか。そして生徒に著《いちじる》しい不利益はないか。その他諸々《もろもろ》全《すべ》てをチェックし介入する機関が一応存在するのだ。

そして、実際に現場に赴《おもむ》いて行動する要員を〈ヴィジランテ〉と呼ぶ。

「ああ、そういうエージェントの役職名なんだ、〈ヴィジランテ〉って。あたし、どういうつもりで言ってるのかわかんなかったから、変な話だなーって思っちゃった」

ようやく合点《がてん》がいった様子で、弐華《にけ》はポンと手を打ち合わせた。

戸惑ったのも無理はない。この単語には、すっきり当てはまる日本語がないからだ。

強いて訳せば「自警団員」や「用心棒」というニュアンスになるだろうか。

アメコミなどで、政府機関や何《なん》らかの組織に所属する事なく、単なる個人が自発的にヒーローとして活動する場合にも同じ単語で呼ばれたりする。

〈キャビネット〉の〈ヴィジランテ〉も同じだ。制度化され、他《ほか》の課外活動と同じように評価や考査の対象にはなるが、定員があるわけでも誰《だれ》かが任命するわけでもない。完全志願制の一種のボランティアだ。

この制度を作った人には、多分何《なに》かの理念とか、高邁《こうまい》で崇高な理想とかいう奴があってネーミングしたのだろう。実際に現場で働く人間の苦労なんか考えもせずに。

「悪事の現場に潜入《せんにゅう》して、暴き、やっつけると。要するにアレね。むかーしのTV《テレビ》ドラマに登場する正義のスパイ組織みたいなもの？　リメイク版の映画もあったけど」

「まあ、大ざっぱな理解としては間違ってないわ」

大ざっぱすぎます——ツッコみたくなる口唇《くちびる》を、凱《まさる》はぎゅっと結ぶ。

法改正で変な学校が乱立し、その数は毎年増加傾向にあるのに、志願者は少ない。凱だって前の学校で一件仕事したばかりなのに、またすぐさま清恋《せいれん》高校に転校生として派遣されたのだ。よりにもよって、忌《い》むべき「恋愛」をセールスポイントにした学校に、だ。

〈キャビネット〉の仕事は多岐にわたり、責任は大きいが、権限まで大きいわけではない。あくまでも原則は各校の自治権優先だ。

「お前が勘違いしたみたいに、不良を殴り倒《たお》して終わりって単純なモンじゃない。まず調査して、証拠《しょうこ》をつかんで、必要なら実力行使もする。地味で根気《こんき》のいる仕事だよ。それこそフィクションのスパイと本物の諜報員《ちょうほういん》ほども違う」

「でも、それじゃ具体的にあそこで起きてるトラブルって何《なん》なの？」

凱の言葉に、弐華《にけ》が問い返す。

「それが、まだわからないのよね」

苦笑したのは奈々佳《ななか》だ。

「清恋高校の生徒から匿名《とくめい》のメールで、同校で何らかの不正行為が行われているという告発があったの。まだ具体的な事実関係は不明だけど、無視するわけにもいかない。そこで、秋月《あきづき》くんを転校させて調査を進めていたの」

「で、その途中でお前がいきなり馬に乗ってギター背負《しょ》って現れて、余計なちょっかい出《だ》してトラブルを引き起こしてくれたわけだ」

「余計っていうのは心外《しんがい》ね。キミたちがやってる事——えっと〈キャビネット〉がどういうものかはわかった。結果的にミッションの邪魔をしちゃったのも認める」

「認めるも認めないも、単なる事実だ」

「けどね。別にキミは『極秘任務中』って腕章着《わんしょうつ》けてたわけじゃないでしょ？」

「当たり前だ。そもそもそんなものは存在自体が矛盾の塊《かたまり》だ」

弐華の口ぶりに、凱は腕を組んだまま右の人差し指で左の上腕《じょうわん》を何度もつつく。自制しようと思っても、いらだちが動きに表れてしまう。

「だったら、困っている人がいたら助けるのは当然じゃない。それともキミは、目の前でヤンキーに絡まれている子がいても『何《なに》か理由があるのかも知れない』って放《ほう》っとくの？」

「う……っ」

確かに正論だ。

「あたしは、そんなチャンスは見逃さない！」

「チャンスかよ！」

「チャンスよ。あたしはカッコいい事が実行できる。困っている人は助かる。誰《だれ》も損しない。みんなが幸せになる。ＯＫ？」

癖なのか。弐華《にけ》はまた親指をくいっと立てる。

「お前にケータイヌンチャクで殴られた奴《やつ》は幸せじゃないだろ」

「悪党《あくとう》が幸せにならないのはいい事だと思うな、あたしは」

まあ、それには同意だ。しかし世の中には心情的に賛同できても、表《おもて》だって肯定してはいけない事だってある。本音と建前を使い分けるのが日本社会の作法というものだ。

「えっと、秋月《あきづき》くんも春日部《かすかべ》さんも落ち着《つ》いてくださるかしら?」

不意に、奈々佳《ななか》が口を挟んできた。笑顔のままで。

「つまり春日部さん、あなたは正義の味方になりたいわけね?」

「違うわ」

かたちよい胸を張って即答する。

「なりたいんじゃない。あたしは、現に正義の味方なの」

さすがに表情には出《だ》さず、凱《まさる》は心の中だけで大きくため息をついた。

自分だって〈ヴィジランテ〉なんてのをやっている身だ。

弱い者を守る。不正を暴く。悪党を断罪《だんざい》する――斜《しゃ》に構えてそういう行為を偽善《ぎぜん》と切って捨てる気はないけれど、こうも堂々と言い切るというのはどういう神経なのか。

しかも、不良をシンプルに殴り倒《たお》しただけで。

例えば事実関係の洗い出しとか。不正な金の流れを調べるとか。証拠《しょうこ》の確保とか。責任の所在をはっきりさせるとか。そういう地道な裏付けがあってこそ、地に足の着いた正義になるのではないか。

「頼もしいわね」

だが、奈々佳は違う見解を持っているらしい。肘《ひじ》を突いたまま、にっこりと微笑《ほほえ》む。

「どうかしら。よろしければ、わたしたちの一員になっていただけないかしら？」

「仲間って……〈ヴィジランテ〉とかって奴？」

「ええ。あなたがさっき言った通り、ある種『正義の味方』組織と考えてもいいわ。あなた、風に呼ばれたそうですけど、実際のところはどうなの？　例えば、ネットとか人の噂《うわさ》で清恋《せいれん》でトラブルがあると耳にしたとか、そういうところじゃなくて？」

「ん？　まあ、そんなところかな」

「おい。だったら何《なん》でオレが訊《き》いた時は答えなかったんだ？」

脱力半分いらだち半分の言葉が、凱の口から飛《と》び出した。

「だってキミ、文句つけるだけで具体的な事は確認しなかったし」

「え？」

自慢《じまん》の記憶力で、会話内容をひと通りスキャンしてみる。

確かにツッコミは入れたが、どうやって知ったのかという事は確かめないまま次の話に流れてしまった。あれが勢いという奴か。

気まずさに視線を逸《そ》らす凱《まさる》には構わず、奈々佳《ななか》は話を続ける。

「あなたは正義の味方として悪い奴《やつ》をやっつけたいんでしょ？〈ヴィジランテ〉になれば、悪……というか処理すべきトラブルについての情報をわたしたち事務局から提供できるわ。こちらとしても人手は足りないし、手伝ってくれるのなら大歓迎《だいかんげい》」

「オレは反対ですよ、会長！」

弐華《にけ》が返答する前に、凱は身を乗り出《だ》した。

「ただ悪者をぶん殴ってぶっ飛《と》ばしてハイお終《しま》いって簡単な仕事じゃないのは、会長だって理解してるでしょ？　こんな女に務まると思いますか？」

「キミだって立派にこなしてるんでしょ？　大丈夫大丈夫！」

弐華がまたサムアップする。

「その自信の裏付けは何《なん》だ？　お前がオレの何《なに》を知っている？」

「だって、キミが困ってるところをあたしが助けたんだし」

「だーからーっ！」

自信満々な弐華に、凱はがっくり肩を落とす。

何だ。何なのだ。このかみ合わなさは。いや。認めたくないが、むしろダメな形で絶妙にかみ合ってしまっているのか。このテンポのよさは。

「まあ、ちょっと面白そうだとは思うけど。あたしとしては、人に言われるまま動くっていうのは正義の味方としてどうかと思うし」

「組織とは言ってもボランティアなんだし、厳格《げんかく》な命令権があるわけじゃないわ。個々の〈ヴィジランテ〉には拒否権《きよひけん》もあります。元木《もとき》くん、資料を」

「はい」

奈々佳に促され、黙々と作業を続けていた君貴《きみたか》が嬉《うれ》しそうに童顔《どうがん》を上げる。一年生だが、年齢よりも幼く見える。奈々佳と並んで座っていると中学生か、ヘタをするとふたりとも小学生に見えかねない。

「こちらが、この三か月のボクたちの活動内容をまとめたものです」

君貴の声に合わせ、奈々佳は机上《きじよう》のディスプレイをターンさせて弐華たちの側へ向けた。

弐華が興味深そうに眺めているのは、解決済《ず》みのいくつものケースだった。生徒から徴収《ちようしゆう》した経費が不正に着服されているもの。希望者の転校手続きを握りつぶすもの。実習機材が低品質で危険があるもの。生徒から直訴《じきそ》されたケースもあれば、噂《うわさ》レベルで情報が流れてきたものもある。

もちろん何人ものメンバーがいる。銀雲《ぎんうん》以外の学校に籍を置いて、メールや電話で奈々佳の指令を受け取る者も少なくない。だが、最も処理件数が多いのは凱だ。

「へぇー」

「何だよ……その目は」

奈々佳《ななか》の説明を聞いて、弐華《にけ》は中途半端に細めた横目を凱《まさる》に向けた。

「いやぁ。キミが不機嫌《ふきげん》そうな顔で頑張ってるから、命令って拒めないモンだと思ってた」

「悪かったな。朗《ほが》らかじゃないのは元《もと》からだ」

「ちょっと見直したわ。弱い者を助けるためにしっかり頑張ってるんだ、キミ」

「そういう言い方は傲慢《ごうまん》だな。そんなに殴り合いの強さが自慢《じまん》なら、K－1にでも超人オリンピックにでも出ればいい。いっそ東京ドームの地下闘技場で塩漬け原始人と戦ってもいいぞ」

「うーん……さすがにあのレベルだとちょっと苦戦するかな？」

「冗談を真《ま》に受けるな！」

「あたしの方も冗談だよ？」

いかん。どうも彼女が相手だとついつい余計な事を言ってしまう。

奈々佳がくすくす笑い出《だ》す。

「いいコンビみたいね、あなたたち。夫婦漫才《めおとまんざい》みたい」

「「どこが！」」

「だって、今も声がぴったりだったし」

そうなのだ。

こんな女と名コンビ呼ばわりされる謂《いわ》れは一ピコグラムたりとも存在しないのだが、何《なん》か息が合ってしまう。いつもは空振《からぶ》り気味《ぎみ》のツッコミもぽんぽんテンポよく出てくれる。

「わたし、秋月《あきづき》くんが女の子とこんな風に楽しそうに話すところって初めて見たわ」

大きな机に両腕で頬杖《ほおづえ》を突き、奈々佳は目を細めた。

「別に楽しくありません」

奈々佳は凱の『事情』を知っている。その上で、わざとこういう言い方をしているのだ。

「ねえ、秋月くん。あなたにだってメリットがある事よ。〈ヴィジランテ〉が増員されれば、あなたの負担は減るのよ」

「そりゃまあ……助かりますけどね……」

物は考えようか。

万事《ばんじ》いきなり暴力で解決したがる単純女は、それが必要な現場を選んで送りこめばいい。古いビルの解体には精密な産業用ロボットじゃなく、鉄球を吊《つる》したクレーンが最適だ。今まで便利屋っぽくさまざまな事件を押しつけられてきたが、確かにひとつのジャンルだけでも弐華に任せれば楽にはなる。

「オレが反対しても本人がやる気で会長が承認すれば関係ないでしょ。お任せしますよ」

「納得いかない事は断れるんでしょ？」

凱から奈々佳へと向き直り、今度は弐華の方が好奇心満々で身を乗り出している。

「ええ。何でしたら、今すぐ正式参加しなくても、とりあえず試しにひとつの仕事を請け負っていただくというやり方もありますわ。いずれにせよ、ボランティア参加ですから、辞めたければいつでも辞《じ》して構いませんし」

「乗った！　正規に登録してよ。やるならやる、辞めるなら辞めるではっきりさせておきたいし。中途半端に仮免《かりめん》扱いっていうのは、あたしの性分じゃないもん」

「決まりね。では、春日部《かすかべ》弐華《にけ》さん。現時刻をもって、あなたを〈ヴィジランテ〉として登録します。元木《もとき》くん、必要な手続きその他《ほか》をお願いね」

「OK！　任せてよ、会長さん」

「奈々佳《ななか》でいいわ。よろしくね」

　座ったままで奈々佳が差し伸べた手を、弐華がぎゅっと握り返す。

　もちろん事務手続きその他に抜かりはなく、必要な書類はちゃっかり用意されていた。弐華が必要事項を記入して返すと、君貴《きみたか》が手早く愛用のパソコンに入力していく。

「では、春日部弐華さん。あなたに〈ヴィジランテ〉としての最初の任務を与えます」

「どんなの？」

　瞳《ひとみ》を輝かせる弐華を横目に、凱《まさる》は安堵《あんど》に胸をなでおろした。

　とりあえずひと安心か。任地が分かれれば、この変な女と顔を合わせる事もなくなる。

　恐ろしい女、危険な女、扱いづらい女——いろいろな女性に慣れている凱だが、春日部弐華は今まで知っているどのタイプとも違う。初めて見る毒薬だからといってわざわざ嘗《な》めてみる奴《やつ》はバカだ。避《さ》けられるのなら、それに越した事はないのだ。

「あなたには、私立清恋《せいれん》高校へ転校していただきます」

「は？」

凱の口が、ぽかんと開いた。

「えっと……会長、すみません。オレ、今まで耳は悪くなかったつもりなんですけど、今何《なん》というか、非常に不条理《ふじょうり》な幻聴《げんちょう》を聞いたような気がするんです。この辺で、遅くまでやってる耳鼻科《じびか》ってありましたっけ？」

「北村《きたむら》耳鼻科医院が八時まで受け付けているけど、診察を受ける必要はないわよ。多分、聞き間違いとかじゃないわ」

かわいらしい顔で目を細め、奈々佳は極めて冷静な口調で告げる。

「ああ、わかった。きっと同じ発音で違う字を書く学校があるんですね？　いやぁ、オレ、担当地域内の学校の資料はひと通りチェックしたつもりだったんですけど、やっぱり漏《も》れはあるんですね。セイレンだから正しい蓮《はす》とか、誠《まこと》に連なるとか、そういう名前の学校があったとは！　あはは、はは、は……」

笑い声が上滑《うわすべ》りしてるのが、自分でもわかる。

理性では空《むな》しい欺瞞《ぎまん》行為と悟っていても、感情というか本能というか、根っこに近い部分が現実の受け入れを拒んでいる。俗に言う『現実から目を逸《そ》らす』という行為である。

「同じ名前でも姉妹校《しまい》でもありません。秋月《あきづき》くん。あなた、その手のジョークはあまり得意じゃないんだから、無理に気の利《き》いた事を言おうとしない方がいいわよ。わかってるでしょ？　清らかな恋と書いて清恋《せいれん》高校です」

「何故《なぜ》！　あそこの案件は、今オレが担当してる真っ最中です！」

「それが難航《なんこう》しているのよね。秋月くんが独《ひと》り身なせいで」

「独り身とか言わないでください。それに、〈ヴィジランテ〉を派遣しなきゃならない学校はいくらでもあります。一か所にふたりも送りこむような余裕はないはずですよ」

「コンビで任務に当たったら、案外早く解決しそうじゃない？　わたしとしては、頼りになる秋月くんがいつまでもひとつの学校に釘付《くぎづ》けっていう不効率の方が気になるの」

相変わらず頬杖《ほおづえ》を突いたまま、奈々佳《ななか》は天使の笑みを浮かべている。

腹の底は真っ黒なのに。

「あたしは構わないわ。悪い奴《やつ》をやっつけられるならね」

「気軽に引き受けるな！　お前は、あそこがどんな学校だかわかってんのか？」

「よく知らないけど、要するに何《なに》かトラブルがあるんでしょ？　だったら、その原因になってる奴をぶちのめせばいいわけで」

パンっ！

右の拳《こぶし》で左の平手を打つ。ボクサーがミットを叩《たた》いたような小気味《こきみ》よい音が響いた。

「……お前なぁ……」

「元木《もとき》くん、彼女に説明してあげて」

「はいっ！」

何か言おうとする凱《まさる》を遮《さえぎ》り、奈々佳の指示を受けた君貴《きみたか》が学校の公式サイトを表示した。

「私立清恋高校は、恋愛をカリキュラムに取り入れた学校です」

「れ、恋愛っ？」

いきなり弐華《にけ》の表情が引きつった。

「どうした、熱でも出たか？　何かの間違いで正気に戻ったか？　今からでも辞退できるぞ。そうすれば、オレは二度とお前の顔を見ないで済《す》むし、万事《ばんじ》丸く収まる」

「バ、ババ、バババ、バカな事を言わないでよっ！　あたしはいつでも元気全開！　本気一直線！　恋愛ごときを恐れるなんて……。そーよ、恋愛がカリキュラムだって、あたしが恋をしなきゃなんないわけじゃないわ！　一度引き受けた仕事を投げ出《だ》すなんて、そんなカッコ悪い事できるはずもないしっ！　たとえそれが恋愛でもっ！」

自分の頭をコツコツ小突き、頬を叩き、拳を握りしめ――とにかくどうにかして気合いを注入しようとしているらしい。サムアップもそうだが、どうも弐華は仕草がいちいち大げさというか芝居《しばい》がかっている。

どうやら「恋愛」というのが彼女にとってウィークポイントのようだ。

「もうちょっと詳しく説明しますね」

子犬のような笑顔で君貴《きみたか》が解説を始めた。

国際社会では、公式の場では異性をエスコートするのが常識だ。一人前の人間に求められるマナーのひとつとも言える。しかし、大半の日本人にはその当たり前の事ができない。むやみにギクシャクしたり、レディに対して無礼で素っ気《そけ》ない態度を取ったり、セクハラじみた場違いな冗談を飛《と》ばしたり。多くの政治家や経済人が、海外で少なからぬ恥《はじ》や迷惑を振《ふ》りまいているのだ。

また、十代のうちにしっかりと「普通の恋愛」を経験せず、未体験のまま変に憧《あこが》れとか妄想とかだけを肥大化させちゃったりすると、将来ストーカーや性犯罪、変態性欲に走る恐れもある。というか、そういう主張もあるという程度の話だが。

恋愛と異性に対する正しい作法を学ぶ事によって精神的・社会的成熟《せいじゆく》を図る――それが、清恋《せいれん》高校のセールスポイントだった。

「秋月《あきづき》くんが既に実地で確認した通り、清恋高校ではこの趣旨に従って正しい男女交際を推進しています。生徒会に登録した〈公認恋人〉になれば校内のデートスポットを格安で利用できるし、選択科目としての単位も受けられるのね。この制度そのものはほとんどの生徒や父兄《ふけい》にも好評みたい」

ただし――と、奈々佳《ななか》は言葉を句切った。

「〈キャビネット〉事務局に匿名《とくめい》のメールが届いたの。清恋生徒会で、高校新法《しんぽう》に違反する不正が行われているって。具体的な内容は書かれていなかったけれど」

これもいつもの事だ。

新法で過剰な自治を押しつけられる前から、学校というのは閉鎖的な社会だ。そんな中で内部の不正を告発するのは勇気がいるし、危険も伴《ともな》う。そのため〈キャビネット〉では発信者のプライバシーが守られる各種の通報システムを用意しているのだが、そのせいで面白半分のデマやニセ情報も溢《あふ》れかえる事になる。

それで苦労するのは奈々佳ら事務局であり、凱《まさる》たち〈ヴィジランテ〉なのだ。

通報者が困る事はほとんどない。

「このシステムを作ったご立派な理想主義者の皆さんには、是非とも善意で舗装《ほそう》された道を通って理想的な地獄に堕《お》ちてほしいと、オレは心の底から祈りますよ」

「まあ、秋月くんのあまりスマートじゃない皮肉《ひにく》は脇《わき》に置いといて」

微笑をキープしたまま、奈々佳は凱の不満を見事にスルーした。

「清恋の実情を内偵するためには〈公認恋人〉になっちゃう方が確実だし有利よ。だけど、現時点で校内に協力者を求めるのは難しいし、万が一通報が嘘《うそ》だった場合はその人に迷惑がかかる事になるわ。秋月くんは今までひとりだったから苦労していたけど、春日部《かすかべ》さんとコンビを組めば案外簡単に解決すると思うの」

凱《まさる》と弐華《にけ》は顔を見合わせた——完璧《かんぺき》に同時に。

「えーと、会長さん。それってつまり……」

「……確認しますけど、オレとこいつで恋人のフリをしろって事ですか？」

「そうよ。さっきからそう言ってるつもりだけど？　ダメよ、秋月《あきづき》くん。あなたはもっと聡明《そうめい》で察しがいいのが取り柄《とえ》でしょ」

声には思いっきり抗議の響きを込めたのだが、奈々佳《ななか》はあっさりと受け流す。

意味がわかってないのではない。

凱の不平には取り合うつもりがないという、彼女なりの明確な意思表示だ。

「は、はは……。やるわよ！　やってやるわよ！　あたしは逃げない！　カッコよく戦って悪を倒《たお》すためなら、そのくらい何《なに》よ！　どーせただのフリなんだから構わないわっ！」

拳《こぶし》を握りしめたまま、弐華はふらふらと生徒会室を出て行った。

過剰な反応だ。単に凱と仕事で組むのが嫌とか、そういう態度ではない。詳しい事はわからないが、彼女も男を避《さ》けたい理由があるのだろうか。

「あらあら……。仕方ないわね。詳しい資料とか、まだお話しなきゃいけない事があるのに。元木《もとき》くん？」

「はい。お任せください、会長。資料とかは滞《とどこお》りなく準備してあります」

こっちはこっちで絶妙な呼吸というべきか。奈々佳が具体的な指示を出《だ》さなくても、君《きみ》貴《たか》は手早く事務処理を進めていく。

「一応、清恋《せいれん》高校でのカバー――あなたと春日部《かすかべ》さんの関係とか過去とかの基本的な設定はわたしが決めておくわ」

「え？」

奈々佳の楽しそうな微笑《ほほえ》みが、凱の背筋に冷たい電流を走らせる。

「いや！　いいです、会長！　オレが自分でやりますから！」

「だって秋月くん、いろいろ特技は豊富だけど色恋沙汰《いろこいざた》に関してはまるっきりの初心者以前でしょ？　だから、わたしがシナリオを作ってあ・げ・る」

「だからーっ！　どうして一音ずつリズムつけて指振《ふ》りながら話すんですかっ！　絶対面白がってるだろ！　あんた！」

「だめよ、秋月くん。親しき仲にも礼儀ありって言うでしょ。あんたなんて呼び方したら、わたし、怒っちゃうかも」

手元でかちゃかちゃキーを叩《たた》きながら、奈々佳の笑顔は崩れない。微笑んだままこういう言い方をするのが、かえって恐ろしい。

「……う……っ！」

この局面で奈々佳が怒っちゃうというのは、その「シナリオ」とやらに気分を反映させちゃうぞという脅《おど》しである。

「まあ、現地での細かい部分は秋月《あきづき》くんの判断に任せるしかないから、アドリブでよろしくね。あ、今回は春日部《かすかべ》さんと相談してっていう事になるのかしら」

「結局オレがリードっていうか、手綱《たづな》を握るしかないでしょ。向こうは初めての任務なんだし、何《なに》ができるかわからないし……。ま、殴り合いが強いのだけは確実ですけどね」

「お願いね。頼りにしてるわ、秋月くん」

愛くるしい微笑で、奈々佳《ななか》は椅子《いす》から下り立った。小柄なので、ぴょこんと飛《と》び降りるような感じだ。

「わたしは帰りがてら、月例報告書と〈ヴィジランテ〉新加入の届け出を関東一区事務総局へ報告しておきます。まだ間に合うはずだから」

「会長、そんな事はボクがやりますよ。あ、それともご一緒した方がいいですか?」

「ひとりで大丈夫よ。元木《もとき》くんは、春日部さんの転入手続きの方をお願いしますね。もちろん〈キャビネット〉関係者だという事はバレないように」

「はいっ!」

追いかけようとする君貴《きみたか》を視線で制して、奈々佳はちょこちょこ小さな歩幅を駆使《くし》して部屋を出て行った。

「いいなぁ。秋月先輩……」

ドアが閉じるのと同時に、君貴がうっとりとため息をこぼす。もちろん、その間もパソコンを操作する手は止まらない。

「何がだよ」

「そういう校風のところに赴任するなら、ボクが行きたいですよ。もちろん会長と一緒に」

夢見る少女のような表情で呟《つぶや》く。

『少女のような夢を見ている』ではなく『少女のような表情で』だ。

童顔《どうがん》で華奢《きやしや》なだけでなく、君貴は中性的な美少年だ。声も高くて柔らかく、女子も羨《うらや》む白く滑《なめ》らかな肌はメイクも不要。仕草や態度だけで、女の子と見間違えそうになる。男子の制服を着ていてさえ、初対面なら男装した美少女と間違う奴《やつ》がいるかも知れない。

それでも、中身《なかみ》は普通に男の子だ。女の子に恋するような。

だから、凱《まさる》も気軽に話しかけられる。

「君貴。外面如菩薩内心如夜叉《げめんにょぼさつないしんにょやしゃ》って言葉を知ってるか？」

「何《なん》ですか、それ？」

知らない言葉は、素直《すなお》に訊《たず》ねてくる。

そうだ。これが正常な反応だ。

うろ覚えのフレーズを自信満々で濫用《らんよう》する方がおかしいのだ。

「外見は仏様のように優しげだけど、中身は鬼って事だよ。女ってのはだいたいそうだが、奈々佳会長はその典型というか極致《きよくち》だ。悪質なサディストだよ」

人間らしい情があったら、もうちょっと何《なに》か配慮してくれてもいいだろうに。

「それだけ会長に信頼されてるって事じゃないですか。ああ……ボクも会長にもっとコキ使われたい」

「……知らなかったよ。お前、マゾヒストだったとはな」

「会長がサドなら、ボクはマゾになります！　犬にも奴隷《どれい》にもなってみせます。むしろ犬になってあの方の足下でゴロゴロキャンキャンしたいっ！」

「拳《こぶし》握りしめて熱弁するな、頼むから……」

確かに君貴《きみたか》は犬は犬でも番犬や猟犬ではなく、室内飼いの愛玩犬《あいがんけん》だ。耳と尻尾《しっぽ》と首輪着《つ》けて足下にじゃれつく姿というのは、困った事に似合いすぎている。

「ああ……もっとあの人の役に立ちたい。ただの秘書じゃなく、あの人がプライベートでもボクを必要とするくらいに……。そしたら、この気持ちを打ち明けるのに」

「オレが思うに、会長はお前の気持ちに気づいてるぞ。その上で思わせぶりな態度取っていいようにコキ使ってんだよ」

「それならそれでいいです。それってつまり、ボクを頼りにしてるって事でしょ？　第一段階として好きな人と親しくなる、信頼されるって嬉《うれ》しいじゃないですか」

「……信頼とかそういうのが一切なくても、女は男を顎《あご》で使うモンなんだよ」

「それって偏見ですよ」

奈々佳《ななか》の期待に応《こた》えるべくキーを叩《たた》きながら、君貴は無邪気な笑顔で返答した。

「いーや。偏見じゃない。真実だ。例外はない。女はみんな夜叉《やしゃ》だ。鬼だ。悪魔だ。ナマハゲだ。キングギドラだ。オレの経験則上間違いない」

「みんなって、じゃあ赤ん坊もですか？」

「芋虫《いもむし》が無毒でも、将来確実に毒蝶《ちょう》として羽化する生き物は安全とは言えないだろ」

「先輩……。奈々佳会長も言ってましたけど、あんまり皮肉《ひにく》とか上手《うま》くないんだから、そういうフレーズでカッコつけない方がいいですよ。はい、これ」

ぴっ！

プリントアウトされた紙束が、君貴の手から渡される。

奈々佳会長が残した今回の指令書と潜入《せんにゅう》調査計画書だった。

ありえないほどの手際のよさ。要するに凱《まさる》が電話連絡を入れた時点で、既に奈々佳の頭の中ではプランができあがっていたらしい。

こういう悪質な抜け目なさが、外面如菩薩内心如夜叉《げめんにょぼさつないしんにょやしゃ》だというのだ。

第三章　ハイスクール・オブ・ラブ

「お前、設定はちゃんと覚えてるだろうな？」

ほとんど息だけの小さな声で、凱《まさる》は弐華《にけ》に囁《ささや》きかけた。

「ちょ、ちょっとくすぐったい！　耳に息がかかる！」

清恋《せいれん》の制服に身を包んだ弐華が、大げさに身をよじる。

「あたし、耳とか脇《わき》とか、そういうトコ弱いんだってば」

「……知るかよ、そんな事」

言った後で凱は反省する。今日からは、お互いの事を知っていて当然なのだから。

銀雲《ぎんうん》に比べれば、清恋の校舎は現代的で機能的なデザインだ。生徒会長室のドアも、特に装飾も窓もないシンプルな地味なものだった。

一時限目が始まる前に、ふたりはその扉の前に立っていた。生徒会室ではなく個人の執務室。新法《しんぽう》で会長の権限が拡大して以来、こういう部屋がある学校も珍しくなかった。

「失礼します」

軽いノック音を鳴らした後、凱はドアを開ける。

奥行きの割に、左右の幅が狭い部屋だ。会長室とは言っても、ここに役員を招いて会議する事もあるのか。シンプルな長机を並べたお誕生日席に、ひとりの男が腰掛けていた。

凱たちと同じ高二だから「男」と呼ぶのはちょっと大げさかも知れない。

だが、清恋高校生徒会長・橘雄一朗《たちばなゆういちろう》は「少年」や「若者」と評するのをためらわせるおとなびた風貌《ふうぼう》と落ち着《つ》いた雰囲気を持っていた。

「……老《ふ》けてるね」

率直《そっちょく》に言い換えると、弐華が小声で呟《つぶや》いた通りの意味になるのだが。

「しっ！」

小声で制すると、凱は肘《ひじ》で弐華を小突く。幸い、会長本人には聞こえていなかったようで、雄一朗は静かな笑みを崩さない。両肘《りょうひじ》を突き、左右の指を組み合わせた姿勢。奈々佳《ななか》もだが、何故《なぜ》この手の人はこのポーズが好きなんだろう。どこかに『生徒会長を育成する高校』でもあって、そこの授業で教えてるのか――そんなとりとめもない事を凱は考えてしまった。

「２－Ｃの秋月《あきづき》凱くんと、本日付《づけ》の転校生である春日部《かすかべ》弐華さんか。前は別々の学校だったんだね？」

「は、はいっ！」

答える凱の笑顔の方はぎこちない。

「我が校は方針が方針だからカップルでの転校は多いが、時期がズレるのは珍しいね。秋月くんの方は一週間も前に済《す》ませてるだろう？」

手にしていた弐華《にけ》の転入届を机に置き、視線を本人に向ける。

もちろん、書類の形式は整っている。形式だけは。

前の在籍校も、転校の理由も事実とは違う。奈々佳《ななか》が考えたカバーストーリーに基づいて君貴《きみたか》が作成したものだ。〈キャビネット〉の正当な任務のためなら、この程度の偽造は許されている。当然きちんと記録に残し、場合によっては監査《かんさ》が入るのだけど。

「え、えっと……それは、その……」

「ちょっとした都合《つごう》ですよ」

視線を泳がせる弐華を遮《さえぎ》り、凱《まさる》はフォローを入れた。

「前の学校での特別科目テストとか、実習の班分けとかあって、どうしても途中じゃ抜けられないって。こいつは、一日も早く清恋《せいれん》に転校したいって言ってたんですけどね」

「ちょっと。こいつって……たっ！」

何《なに》か言いかけた弐華が、いきなり変な声を上げた。こっそり、つま先を凱が踏《ふ》んだのだ。

「そ、そーなんですよ。あはははは……。おほほほ……」

痛みのおかげで「設定」を思い出《だ》し『無理してます』と看板を出しているようなぎこちない作り笑顔で、弐華も相槌《あいづち》を打った。

そのまま、オイルを差していない機械めいたぎくしゃくした動きで凱の腕に自らの腕を

回し、身体《からだ》を寄せる。制服越しに胸が凱《まさる》の肘《ひじ》に触れた。柔らかく、張りのある感触だ。

別に嬉《うれ》しくない。

嬉しくはないはずなのだけど、凱もさすがに緊張してしまう。

恋人どうしという設定なんだから、この程度で表情を変えたりしてはいけないのだが。

「お互い別々の学校だと不便も多くて。それで、どうせなら恋愛教育をやってる清恋《せいれん》がいいだろうって。な？」

「うん。そうそう」

無理だ。

絶対に無理だ。

バカでも一目《ひとめ》でわかる嘘《うそ》だった。

何《なに》しろ反《そ》らした手の甲を口元に当てての『おほほ笑い』だ。

「あたしたち、ラブラブなんです。もう、一瞬だって離れたくないっていうか☆」

ぎゅっと腕を寄せるが、声も表情もあからさまに「これは嘘」とアピールしている。そもそも、抱き寄せた腕がガタガタ震えている。

腕を組んでなかったら、頭を抱えていたところだ。

スキンシップはいい。任務上必要な事だし、女の子に触ったり触られたりするのは慣れている。慣れているのだ、不本意ながら。まったく、人生というのは不本意な出来事の連鎖で構成されている。

しかし、芝居《しばい》する気ならもうちょっとナチュラルにふるまえないのか。

凱の苦悩を尻目《しりめ》に、雄一朗《ゆういちろう》は静かに説明を続ける。

「君たちのように揃《そろ》って転校してくるケースは、実は珍しいんだよ。校内で彼女彼氏を見つけようという生徒が多いからね。誤解しないでほしいんだが、本校で推奨《すいしょう》している恋愛というのはあくまでも節度を守り、第三者を不快にしない洗練された態度だ。互いに愛し合うのは好ましいが、限度を超えてのろけたりしないでくれたまえよ」

「はい。それは理解してます」

落ち着《つ》かない——というか、挙動不審半歩手前の弐華《にけ》が喋《しゃべ》らなくてもいいように、凱は先回りして早口気味《ぎみ》に返答する。

「ああ、そうだ。これを」

雄一朗がふたりにバッジを差し出《だ》す。グリーン地で、校章の形が銀で抜かれたものだ。さらに〈公認恋人〉の証明書となるＩＤカードがひと組。

「秋月《あきづき》くんは前の校章と交換になるね。これで、君たちも晴れて〈公認恋人〉のプライマリーレベルだ」

「レベルって？」

〈公認恋人〉制度については昨日資料を受け取っているがレベルというのは初耳だったの

で、弐華《にけ》はきょとんと目を丸くする。

「詳しい事は生徒手帳に記載されているよ。秋月《あきづき》くん、教えていなかったのかい？」

「えっと……まあ……」

鋭い視線で射すくめられ、凱《まさる》は曖昧《あいまい》に言葉を濁すしかできない。

プライマリーは男女が合意の上で生徒会に届け出《で》したもの。それより上のスタンダードレベルというのは、少なくともどちらか一方の保護者が承認している場合だ。

「校則にはきちんと目を通しておいてほしいな。例えば君のように、校外に決まったパートナーがいる生徒も校章は『恋人あり』を着《つ》けるべきだし、申請すれば校内のデートコースだって利用できるんだからね」

「は、はい。気をつけます」

まさか、昨日いきなり湧《わ》いて出たニセ恋人だと見抜いたはずもないが、明らかに何《なに》かを感づいた態度だ。こっちが向こうの立場だったとして、そりゃこれだけ不自然な材料が揃《そろ》っていたら疑わない方がおかしい。

「あっ！」

何に気づいたのか。いきなり弐華が声を上げた。

「どうかしたのかな、春日部《かすかべ》くん？」

「会長さんって、銀地なんだね。校章」

凱も気になってはいた。

当の雄一朗《ゆういちろう》自身、襟《えり》に飾った校章は銀地のデザイン。即《すなわ》ち、彼女なしのサインだ。

「はは……。ちょっと気まずいな」

口ではそう言っているが、雄一朗の口調にも表情にも全《まった》く動じた気配《けはい》はない。実に礼儀正しい——愛想《あいそ》笑いだった。

「清恋《せいれん》の会長としては褒められた事ではないのだけれど、なかなかこれという相手がいなくてね。君たちは本校での生活を満喫《まんきつ》してくれたまえ。では」

そろそろ一時限目が始まる。会長に見送られ、凱と弐華は生徒会長室を後にした。

廊下に出て、周囲に他人がいないのを確かめると、反発する磁石みたいに互いに腕を解《ほど》いて離れる。普通とは、人目を気にする方向性がまるっきり逆である。あくまでも他人に見せるため、形だけの恋人なのだから。

「怪しいわね、あいつ」

「不本意だが、同感ではあるな」

離れた途端《とたん》、弐華は言い放った。さすがに小さな声だが、語気は強い。

「ああいう紳士ヅラで、今どき口調が『たまえ』よ、『たまえ』！　絶対裏で何か企《たくら》んでるに決まってる！　高層ビルのペントハウスから下界を見下ろしてブランデーグラス揺すりながら『大衆はブタだ』とか言うのよ、きっと！　もちろんペットは白い長毛種《ちょうもうしゅ》のネコかドーベルマンとかの猟犬！　ああ、腕が鳴る！　早くやっつけたいっ！」

「根拠《こんきょ》もなしに相場を信用すると経済破綻《はたん》が起きるんだけどな」

同感であっても、凱《まさる》は立場上釘《くぎ》を刺しておかなくてはいけない。

「じゃあ何《なに》よ？　そっちには根拠があるの？」

「普通は、疑うモンだ」

「何を？」

「お前の態度をだよ」

「あたしはちゃんと恋人のフリしてたじゃない。……嫌だったけど」

「どこがだ？　演技ならもうちょっとナチュラルにやれ。苦手なら、無理に演技するな」

芝居《しばい》がかった言動が好きなのと、芝居の能力があるのとはまるっきり無関係である。明白な事実を凱は悟った。

「し、仕方ないでしょ。奈々佳《ななか》会長だっけ？　あの人の指示に従えって話なんだから」

「……その点は詫《わ》びたいところだが、今回ばかりはオレもあの人の指令の被害者だからな」

奈々佳がふたりに渡した指令書には『他人の目なんか気にしない、恥ずかしいくらいのバカップルとしていちゃいちゃくっつくように』と書かれていた。

理屈ではわかる。わかるのだ。

何しろ凱には——そして恐らくは弐華《にけ》にも——こういう事の実体験はない。しかも昨日会ったばかりだ。

以心伝心。阿吽《あうん》の呼吸。眼と眼《め》でわかるあなたとわたし。そういう事をやれと言われても無理だから、ニュアンス勝負の自然なカップルというのは難しい。だったらいっその事、わざとらしいほど誇張してしまった方がボロが出ないというのは理に適《かな》った判断だ。

そしてしばしば「合理的」という言葉は、人間的な温かい血の通わない、当事者の気持ちを無視した非情なやり方という意味で用いられる。

言うまでもなく、これを決めた奈々佳は合理的な人間で、このシナリオを演じる当人でもない。

はぁ……とため息をこぼしつつ、凱は気を引き締《し》めた。

「お前の露骨《ろこつ》にヘタクソな演技を目にすれば、何か裏があるって考えるのが普通だ。それなのに平然と受け答えしてるあたりが怪しいと思ったんだよ、オレは」

「それってつまり……実はあたしの芝居が上手《うま》かった？」

「ない。それだけはない。絶対にない。今日の昼飯を賭《か》けてもいい」

「どうせなら、もっと気の利《き》いたものをベットしてよ」

「何故《なぜ》自分が勝つという前提で話す？」

人気《ひとけ》のない廊下を歩きながら、一応は小声で話し合う。

「まあ、極端にいちゃいちゃする必要はなさそうだ。お前も無理するなよ。かえって不自然になるからな」

凱《まさる》の言葉に、弐華《にけ》は何度もこくこく頷《うなず》いた。

どうやら、彼女の方も恋愛とか恋人ごっこというのは苦手のようだ。会話もするし、殴り合いも平気なくらいだから、触れるのも嫌な男嫌いというわけでもなさそうだが。

「とにかく、あたしのカンでもあいつが怪しいのよ」

「あー、そうですか。じゃあ、言ってやる。オレのカンでは、お前のカンは間違っている」

「何《なに》よそれ。ひとつも根拠《こんきょ》ないじゃない？」

「その言葉はそっくりそのままどころか、熨斗《のし》つけて三倍返しにしてやるよ。お前のカンで物事決めていいなら、この世に警察はいりません」

「ちゃんとした正義の味方がいれば、警察はあんまりいらないんじゃない？」

「そーいう意味じゃねえっ！」

とりあえず立場を棚上げして個人的な感想を述べるなら、凱だって雄一朗《ゆういちろう》を疑っている。

実際、彼がこれまで担当してきたトラブルもほとんどは生徒会長が黒幕だった。高校新法《しんぽう》で生徒会の権限が拡大された事が、不正のはびこる余地も作り出《だ》してしまったのだ。

弐華の言う通り、彼の言動にもどこか不自然というか、鼻につく印象がある。しかし、それでも胡散臭《うさんくさ》いという直感だけで殴り倒《たお》したり、力ずくで白状させればいいというものではない。物事には手順があるし、告発には証拠《しょうこ》固めが必要なのだ。

「新法のせいで転校生そのものが珍しくなってるから、それだけで不審に思われる事はあまりない。けどな、本当に不正があったとしてだ。オレたちが〈ヴィジランテ〉だとバレたら、当事者に証拠隠滅《いんめつ》や逃亡のチャンスを与えるって事になる。お前の希望は大《おお》ざっぱすぎる。却下《きゃっか》だ」

「めんどくさいなぁ……」

「世の中ってのは、お前の頭みたいに単純な構造にはなってないんだ」

そんな会話をしながら歩いていると、いつの間にか教室に着《つ》いていた。

「いいか。奈々佳《ななか》会長が作った設定、忘れるんじゃないぞ。ちゃんと芝居《しばい》しろよ」

「設定って……アレだよね」

「さっきもやったアレだよ。今さら困ってんじゃねえ」

具体的に『恋愛』とか『恋人』とかいう単語を口にするのが辛《つら》いようで、弐華が微妙に視線を泳がせる。

「……すっごく嫌なんだけど、仕方ないよね」

会長ひとりの前でもアレだったのだ。クラスの三〇人近くが相手と思うと気が滅入《めい》るのは凱も一緒だった。

「ま、正義の味方としては、一度引き受けた約束を翻《ひるがえ》すわけにはいかないし」

さっきまでの強気はどこへやら。げっそり青ざめた表情でしぶしぶ頷《うなず》き、腕を絡め手と手をつなぐと、教室のドアを開けた。

「あ、おはよう、秋月《あきづき》くん。聞いたよ。その人が彼女なんでしょ？」

にこやかに話しかけてきたのは野口《のぐち》だ。他《ほか》のクラスメイトも興味津々《きようみしんしん》でふたりに群《むら》がってくる。生徒自身の希望で簡単に学校を移れるから、転校生という存在はさほど珍しくなくなった。それでも、新しいクラスメイトに興味が集まるのは自然な事だ。

しかも、清恋《せいれん》が掲げている理念は「男性が女性をきちんとエスコートできるマナーを身につける」だ。

即《すなわ》ち、普通の転校生だったらHR《ホームルーム》で教師から紹介されるところだが、こういうケースでは彼氏である凱《まさる》がエスコートし、皆にお披露目《ひろめ》しなければならない。

「えーと……。こいつがオレの彼女の春日部弐華《かすかべにけ》。今日付《づけ》で転校してきたんでよろしく」

絡めた指でちょんちょんと弐華の手の甲を叩《たた》き、サインを送る。

『設定』をちゃんと思い出《だ》すように、と。

「あ……ど、どーも。まーくんとつきあってる、春日部弐華。よろしくねっ」

限界まで強張《こわば》った、無理矢理《むりやり》な笑顔だった。

呼び方はバカップルっぽく『まーくん』。

これも奈々佳《ななか》の命令である。

「なぁんだ。凱くんも人が悪いなぁ」

　好奇心丸出しで、ちょっと失礼なくらいじろじろと弐華を観察しているのは野口だ。

「ちゃんとヨソの学校に彼女がいるならそう言えばよかったのに。内緒にしているのはマナー違反だよ」

「こいつが恥ずかしがってさ」

「え、えっと……、そ、そうかな。っていうか、そうなの。あははは……。あたし、こう見えても結構照れ屋さんだから」

　凱のアドリブに、弐華は上手《うま》く対応できずに虚《うつ》ろな笑いをこぼすだけだ。

　前の学校は格闘技教育の名門。中学まではアメリカ暮らしだったので、最近の日本の事はよくわからない。

　本当のプロフィールをベースに、奈々佳会長が作成した「仮そめの身分《カバーストーリー》」を凱が説明する。結果的に、男がリードして「彼女」を紹介するという形ではある。

　ちなみに、弐華がアメリカ育ちというのは昨日確認した事実だ。この点を強調しておけば言葉遣いが変だったり、常識がなかったりするのもごまかせる。

　ごまかせる確率が高くなる。

　ごまかせるかも知れない。

　ごまかせたらいいなぁ。

「ああ。そっか。それで声とか上擦《うわず》ってるんだ」

「そ、そうなんだよ。弍華《にけ》、お前も無理すんなよ。必要な事は全部オレが話すからさ」

幸い、と言っていいのか。

あからさまにぎこちない弍華の態度を、野口《のぐち》たちはあがり症で緊張しているからと解釈してくれたようだ。弍華の方も何《なん》とか調子を合わせて、引きつりながらも無言でこくこく何度も頷《うなず》いている。

「これで、このクラスで独《ひと》り身はわたしだけになっちゃったわね」

不意に、穏やかなアルトの声が聞こえた。

凱《まさる》と弍華が視線を向けた先には、女生徒がひとり立っていた。

弍華のくっきりした美貌《びぼう》とも奈々佳《ななか》の愛くるしさとも違う、清楚《せいそ》でおとなびた雰囲気の美人だ。柔らかなウェーブがかかった長い髪も、落ち着《つ》いたムードをかもし出《だ》している。

「誰《だれ》？」

「春日部《かすかべ》弍華さん、初めまして。雪村百合乃《ゆきむらゆりの》と言います」

失礼なほど率直《そっちょく》な弍華の質問に、百合乃は笑顔で答えた。彼女の校章も、地色《じいろ》が銀。

弍華がざっと見回しても、クラスでこのバッジを着けているのは百合乃ひとりだった。

「このクラスの委員長だよ。オレも転校してきたばかりの頃《ころ》にはいろいろ世話になった」

新法《しんぽう》で〈キャビネット〉が設けられただけではない。ほとんどの学校で生徒会の権限が

増大し、それに伴《ともな》って各クラス委員の役目も増えている。例えば転校生へのガイダンスなども、教師ではなく委員長が任されるケースが多いのだ。

「野口《のぐち》くんの言う通り、秋月《あきづき》くんも人が悪いわ。こんなかわいい彼女がいるなら、隠さなくてもよかったのに。そういう事も、この学校の方針なんだから」

「まあ、こいつが恥ずかしがるっていうか、どうせなら秘密にしようとか言い出《だ》して」

「え？……ってっ！」

こっそり、他人からは見えない位置で弐華《にけ》をつねる。

さすがにお尻《しり》ではなく脇腹《わきばら》だ。いくら凱《まさる》でも、いきなり女の子の腰周りに手を伸ばすのははばかられた。

設定、忘れるな——視線でメッセージを送る。

「あ、そうそう。ほら、あたし、さっきも言った通りこう見えて結構照れ屋だから。あははははは！」

人目がなかったら思い切り頭を抱えているところだ。

ダメ芝居《しばい》の見本としてスミソニアン博物館に収蔵《しゅうぞう》したいくらいの棒読み&そら笑い。それなのに、百合乃《ゆりの》は妙に真剣な眼差《まなざ》しで弐華を見つめている。

「や、やだなぁ。雪村《ゆきむら》さん。そんな熱心に見ないでくださいよ。言ったでしょ。こいつ、恥ずかしがりなんで」

「ごめんなさい」

一瞬、百合乃の口元に浮かんだ笑みは、どこか寂しそうに凱には思えた。

その僅《わず》かな時間にも弐華の周りにはクラスの女子が集まって口々にいろんな事を訊《たず》ねている。前の学校での様子だとか、凱との関係だとか。

「えっと。だから、その、中学の頃《ころ》からつきあってて……」

「だーからー。それはもう訊《き》いたから、もっと具体的な話を」

「ぐ、具体的って……」

昨日の強気はどこへやら。涙滴形《るいてきがた》の汗が飛《と》びそうな弐華のうろたえぶりだ。

タイミングよく救いのチャイムが鳴り響き、女生徒たちは名残《なごり》惜しそうにそれぞれの席へ戻っていく。

「……はぁ……」

隣の凱以外には聞こえないような小さなため息を弐華はこぼした。

（やっと解放された）

（覚悟しとけよ）

同じくらいの小声で、凱が告げる。

（最低でも二、三日は休み時間のたびにこういう展開が続くと思え）

何《なに》しろ恋愛をテーマに掲げる高校だ。当然関心は普通以上だし、ある程度オープンに語る事が推奨《すいしよう》もされている。

ある程度カップルが固まっている現状では、別れ話でもない限り、転校生アベックというのはネタとして美味《おい》しい。増して今回は、ずっと独《ひと》り身扱いだった凱《まさる》が彼女を転校させてきたという状況。いわば芸能人が「実は結婚していた」というのに近いのだ。

（オレとしては、この状況が続くのは嫌だ。さっさと片づけて立ち去りたい）

（……それについては力一杯同意するわ）

そんなひそひそ話をしていると、授業が始まった。一時間目は英語のリーダー。まだ若い女教師は草色のセミタイトツーピースをきっちり着込んでいる。

転校生の弐華《にけ》に英語で挨拶《あいさつ》し、弐華の方も流暢《りゆうちよう》に応じる。

周囲から感嘆の息がこぼれた。

「あ！　あたし、教科書持ってない！」

今さらな事実に弐華は気づいた。

制服やら指定体操着やら、清恋《せいれん》への転校に必要なものは全《すべ》てたった一日で用意されていた。ただし、何故《なぜ》か教科書だけがなかったのだ。

「……オレが見せてやる事になってんだ」

うんざりした気持ちが表面に出ないよう、努めて平静を装いつつ凱は説明する。本来ならここは「嬉《うれ》しそう」でなければならないのだが。

遅れてやってきた——つまり後から転校してきた——恋人をフォローし、エスコートするのもパートナーの役目。教科書の手配が数日遅れるのは、恋愛教育の一環なのだ。

（じゃあ、何日かはこの状態なの？　本当はすぐにでも用意できるのに？）

（そういう事。しばらく我慢してくれ）

机をぴったりくっつけ、顔を寄せた状態でひそひそと言葉を交《か》わす。

（ま、まあ、仕方ないわよね。まあ、授業内容は普通だろうし……）

（だったらいいんだけどな）

「？」

疲れた表情で、凱は教師が指定したページを開いた。長い英文が綴《つづ》られているが、小説やエッセイではない。戯曲だから、センテンスの頭に話者の名前が記されている。それも日本人でも知っている、タイトルそのものでもある主人公男女の名前が。

「これ……『ロミオとジュリエット』？」

弐華の言葉に、凱は無言で頷《うなず》きながら、今の授業とは関係のないページをいくつか開いてみせた。さすがにアメリカ暮らしをしていただけあって、ちょっと見ただけでおおよその内容は把握《はあく》できたらしい。

もちろんシェークスピアの原文ではなく、現代語訳されたバージョンだ。

（うう……さぶいぼが出そうっ！）

「お前、普通のことわざとか知らないくせに、どうしてそういう微妙な表現する？　普通はせいぜい『鳥肌が立つ』だろ？）

（そんなのどーでもいいでしょ！　『ロミジュリ』よ、『ロミジュリ』！　何《なん》の脈絡もなくお互いに一目惚《ひとめぼ》れで舞い上がって、周囲に迷惑かけまくり。最後は駆け落ち企《たくら》んだ末に、間抜けにも早とちりが原因の時間差心中で両方死んじゃうっていう、ものすごく恥ずかしい恋愛の話じゃない！）

（……詳しいな）

（こんだけメジャーなら、あらすじくらい特に知りたくなくても耳に入っちゃうって！）

気持ち悪いのか必死な小声で訴えながら、弐華《にけ》は鳥肌が立った首筋や脇腹《わきばら》をごしごし擦《こす》っている。

『ロミオとジュリエット』だけではない。

熱烈に己《おのれ》の恋心を詠《うた》い上げる詩。恋愛の駆け引きをユーモラスに記したエッセイ。熱愛の末に数々の障害を乗り越えて結ばれたふたりを報じる記事。

全《すべ》ての例文が愛、恋、愛、恋。

（この教科書、ＬＯＶＥって単語が何回出てくるのよ！）

（八三七回）

（……なるほど。そのくらいありそうね）

（本気にするな。根拠《こんきょ》のない当てずっぽうだ。オレはそこまでヒマじゃない。というかむしろ忙しい）

真面目《まじめ》に感心する弐華に、ため息混じりに答える。

どうせ任務が解決すれば立ち去る学校だ。教科書だってひと通り目を通しはするが、そこまで熱心に読みこむ義理はない。ましてこんな恋愛まみれの奴《やつ》など。

「はい、そこ。秋月《あきづき》くん。彼女が転校してきて嬉《うれ》しいのはわかるけど、今が授業中って事を忘れないでね？」

「は、はいっ！」

慌てて立ち上がった凱《まさる》は、わざとらしいくらいの「気をつけ」姿勢を取る。

いかん。弐華との話がつい弾んで――もとい、不必要なまでに転がってしまった。

何なのだろうか、この呼吸は。

「そうね。せっかくだから秋月くんと春日部《かすかべ》さん、二二ページから、ふたりで読んでみて」

「「ふたりで？」」

また、声がハモってしまった。

「息が合ってるのね、ふたりとも」

女教師のにこやかな顔に、凱と弐華の背中に冷たい汗が流れた。

「あの……教科書一冊しかないんだけど」

「それに、ふたりで読むって……まさか……」

「そのまさかよ、秋月《あきづき》くん。あなたたちが想像した通り」

教師は小首を傾《かし》げて微笑《ほほえ》む。指定されたページに引用されているのはこの作品の代名詞とも言える、誰《だれ》もが知っているシーンだった。登場人物は主人公とヒロインのふたりだけ。

仕方ない。一応恋人どうしという触れこみだし、この学校の作法でもある。一応目配《めくば》せすると、弐華《にけ》も察したようだ。

立ったまま右は凱《まさる》、弐華は左で一冊の教科書を支える。

最初は、ロミオのセリフから。

第二幕第二場。いわゆるバルコニーのシーンだ。夜、キャピュレット家の屋敷に忍んできたロミオとジュリエットが窓越しに激しい愛の言葉を交《か》わす場面。ちゃんと通読《つうどく》した事がない人間でも真っ先に思い出《だ》すシチュエーションである。

「She speaks. O, speak again, bright angel――」

「O Romeo, Romeo! Why are you 〝Romeo?〟Deny your father and refuse to be called by your name」

続いて弐華が受ける。『ロミジュリ』といえばコレというお馴染《なじ》みの名《めい》ゼリフだ。発音そのものは流暢《りゅうちょう》で自然。アクセント、イントネーション、全《すべ》て完璧《かんぺき》と評価していい。

ただし、案の定ものすごい棒読みである事を別にすれば、だが。

むしろ棒読みっぷりが聞く者にはっきりわかるという事が、逆説的に弐華の英語力を証明していた。気持ちを込めない事に全身全霊を注いでいるとでも言えばいいのか。

「ダメよ、春日部《かすかべ》さん。英語は得意なんでしょ？　ただのエッセイや論文じゃないんだから、もっと情感を込めて読まないと」

なので、当然先生に叱《しか》られた。

「えっと……これ、普通に英語の授業で、別にあたしたちお芝居《しばい》の練習してるとか、そーいう事じゃないんだし……」

「だから、だーめ☆」

ある意味もっともな弐華の反論を、教師は指し棒を振《ふ》って否定した。

「音読するというのは、単にテキストとして並べられている単語を正しく発音できるって事じゃないのよ。文意を汲《く》み取り、自分の中で消化して表現するのが重要なの。春日部さんと秋月くんの間でだって、もちろん何《なに》も言わないで気持ちが通じるだけじゃなく、お互いにちゃんと言葉にして伝えてほしい事だってあるでしょ？　そういう時のための表現力を身につけてほしいの」

「え、あは……」

「ああ。思い出すわ。あの人がプロポーズしてくれた時も、たっぷり思い入れを込めて。

気持ちが盛り上がっている時は、傍《はた》から見るとちょっと恥ずかしいくらいがいいのよ」

英語教師はうっとりと虚空《こくう》を見やりながら、身体《からだ》をくねくねとよじった。

「……ちなみにこの人、先週ハネムーンから帰ったばかりだぞーだ」

「あー……」

凱《まさる》が小声で説明すると、弐華《にけ》は砂でも吐きそうな表情になった。

発音がいいのが災いしたのか。結局、他《ほか》の生徒へのお手本として四ページも音読させられた。さすがに弐華には負けるが、凱も日常会話に不自由しない程度の実力はある。

恥辱《ちじょく》の時間が過ぎ去り、授業終了のチャイムが鳴ると同時に、弐華は凱を引きずるようにして教室を飛《と》び出《だ》した。

「な、何《なん》だよ、お前っ！」

「どこか人目につかないトコっ！　案内してよ！」

「案内して欲しいなら、そんなに引っ張るなっ！　とりあえず右だ、右曲がれ！」

手を握る力は強いし、脚《あし》も速い。清恋《せいれん》高校に不案内なくせにずんずん進む弐華を誘導し、人気《ひとけ》が少ない特別教室棟の階段踊り場へと駆け上がる。

「何なの、この学校っ！　どーして授業で羞恥《しゅうち》プレイを強要されなきゃいけないのっ？」

周囲に人影がないのを確かめ、弐華が叫んだ。

「仕方ないだろ。こういう方針だ。表向《おもて》き恋人って設定だから、芝居《しばい》は続けないとマズいし。だいたいお前、昨日絡んできた連中にはもっと恥ずかしいセリフ平然と言ってただろ。白馬に乗ってギター背負《しょ》って」

「あれは恥ずかしくないでしょ。普通にカッコいいセリフ」

「そうかぁ？　どうも恥《はじ》を知る普通の日本人であるオレとしては、お前の恥ずかしさの基準ってのが今ひとつ理解しがたい」

自分も似たような事を言おうとしたのは棚に上げる。言いそびれたせいで、バレてはいないのだし。

「それにね。キミはまだマシだろうけど、あたしはバイリンガルなのよっ！」

「あー……」

どんなに恥ずかしいセリフでも英文だったら凱には「他人事《ひとごと》」になる。意味を把握《はあく》するためには翻訳というプロセスをひとつ挟む形になるからだ。

しかし、弐華にとってはどっちも使い慣れた言葉だ。

さっきのセリフを日本語で言わされたらと想像してみると、確かに生理レベルで反応してしまうのもわかる。凱の場合、鳥肌よりも寒気《さむけ》吐き気が出るタチだが。

「しかも先生まであんな事言って！　もーやだっ！」

「ま、覚悟しておくんだな。現代文や古文も同じ調子だから」

テキストの内容は色恋沙汰《いろこいざた》の話ばかり。日本史や世界史も必要以上に恋愛や結婚が歴史に与えた影響を重視した書き方になっている。

「まさかとは思うけど、数学や化学もその調子じゃないでしょうね。物質の化合とか、集合とか、そーいうのも全部そっちにたとえるとか」

「さすがにそれはない。酸素と水素の三角関係で水になるとかいうレベルじゃない。理数系だけが、心安まるひと時だな」

「……とにかく、一日も早く事件を解決しないとね。さっさとここから転校できたら、あんな嫌な教科書使わなくてもいいって事だし！」

「だから、何《なん》でそこで指をポキポキ鳴らす？　いきなり無意味にやる気を垂れ流すな！」

腕力だけで解決する気アリアリだ。まだ何《なに》が問題なのかもわかっていないというのに。

「何が垂れ流しなの？　やる気って、何を？」

唐突な声に振《ふ》り返る。

心配そうな、しかし穏やかな顔で見上げているのは、百合乃《ゆりの》だった。

「びっくりしたわよ。休み時間になったらいきなりだもの。一応、廊下は走っちゃいけない事になってるんだしね」

「ご、ごめんなさいっ！」

弐華《にけ》が硬直気味《ぎみ》に頭を下げる。

「一緒に通えるようになって舞い上がってるのかも知れないけど、節度は守ってね。恋愛を推奨《すいしょう》してるけど、何をやってもいいっていうわけじゃないんだから」

「ち、違いますっ！　委員長、勘違いしてるでしょ！」

最悪だ——凱《まさる》の顔が赤くなったり青くなったり点滅する。

授業であああいうセリフを読み上げた後で、いきなり「恋人どうし」がふたりきりで姿をくらましたのだ。ただでさえ恋愛中心のこの学校では、嫌な方角への勘違いを誘導しているようなものではないか。

弐華も自分の行動がもたらす解釈に気づいたらしく、あわあわ口を動かしている。声は、出ない。

「冗談よ。もうすぐ二時限目だから教室に戻《だ》ってね。みんなも変に思ってるわよ」

百合乃は、スカートを翻《ひるがえ》して歩き出した。

隠れる寸前、ふと見えた表情に、やはり凱はどこか違和感を覚えた。

上品で優しげな態度を装っているが、一瞬覗《のぞ》いた眼差《まなざ》しには強い感情が隠されていた。

そう。隠されていたのだ。彼女は何かの感情を隠蔽《いんぺい》して、表面的には穏やかで礼儀正しい委員長を演じているのではないだろうか。

それでも午前の授業は滞《とどこお》りなく終わり、昼休みとなった。

「弐華、こっち来いっ！」

「え？　ちょ、ちょっとぉっ！」

チャイムが鳴ると同時に、凱《まさる》は弐華《にけ》の手を引っ張ってダッシュした。野口《のぐち》たちが何《なに》やら囃《はや》しているが気にしない。目指すは、人気《ひとけ》の少ない校舎の裏側の校庭だ。

隅の芝生《しばふ》に腰を下ろし、凱はコンビニ袋の中身《なかみ》を出《だ》した。

「どうしたの？　学食あるんでしょ？」

「お前……この状況で学食行ったら、どういう芝居《しばい》しなきゃならないのか想像してみろ」

「……あ……っ！」

凱の指摘に、弐華の顔が青ざめる。

「えーと……あたしたち、ものすごーく恥ずかしい、周囲の目も気にしないバカップルって事になってるんだよね」

こくり――凱は無言で頷《うなず》く。

「で、一緒にお昼ご飯食べるって事は……例えばあたしが箸《はし》でおかずをつまんで『はい、まーくん。あーんして』とか言うわけ？」

こくり。

「そんでもって、キミがそれを食べて『ん〰〰。美味《おい》しいよ、弐華ちゃん』とか言ったりするわけ？」

こくり。

弐華の脳内で、想定映像の再生スイッチがオンになる。

「まさか、学食のランチメニューじゃ収まらなくて、あたしが手作り弁当用意したりするわけ？　それも、ハムをハート形に切ったり、ライスの上にたらこふりかけでふたりの名前をかわいく書いたりしちゃってるような奴《やつ》をっ？　教室で机くっつけて？」

こくりこくり。

それにしても、嫌いと言ってるくせに妙に具体的なディテールを想像する弐華である。

「やーめーてーっ！」

ムンクの『叫び』のごとく両耳を塞《ふさ》ぎながら、長い髪を振《ふ》り乱して絶叫する。

「ま、まさか……そんな……アレみたいな事を……あたしが、この春日部《かすかべ》弐華が衆人環視《しゅうじんかんし》の中でっ！」

完全に顔は青ざめ、身体《からだ》は小刻みに震え、肩を激しく上下させて荒く息を継いでいる。

「いつものお前とは大違いだな。そんなに怯《おび》えて――」

そこまで口にして、凱は不意に気づいた。

昨日初めて会ったばかりなのに、どうしてオレは『いつものこいつ』なんて思ってしまうのだろう。

「ま、まあ、とにかく、そういう芝居はさすがに嫌だろ？　だから、とりあえずここに逃げてきたんだよ」

軽く頭を振《ふ》って余計な考えを追い出《だ》し、本題に戻る。

裏庭は、昼間の日当たりが悪い上に向いている窓も特別教室のものだ。ほとんど人目にはつかない。

「それに、ここの学校は社交《しゃこう》って形で恋愛をオープンにしているが、反面パートナーとふたりきりの時間は邪魔しないのがマナーって事になってるからな。まあ、一部の不作法《ぶさほう》な奴《やつ》は別にして。で、どれにする？」

「じゃ、遠慮なく。あ、ブラックコーヒーは嫌いだからいらない」

弐華《にけ》はミックスサンドの二個入りパックふたつと、デザート代わりのクリームパン。さらにお茶のペットボトルを選んだ。

凱《まさる》に残ったのは、コーヒー缶ひとつ。

「……それ、ふたり分のつもりだったんだがな」

弐華の顔が、赤くなる。

「な、何《なに》よ！」

「いいよ。別に今さら返せとか言わない。一食ぐらい抜いても何《なん》とかなるしな。それにしたってお前、その量は運動部の男子並みだな」

「あ、あんまりじろじろ見ないでよっ！」

ちょっぴり口唇《くちびる》を尖《とが》らせているところを見ると、本人も大喰《ぐ》らいの自覚はあるらしい。

「短い間とはいえ、恋人のフリをするんだ。書類にできるプロフィールだけじゃなく、日常のディテールをしっかり把握《はあく》しておかないと不自然だろ」

「……好きでやってるわけじゃないもん」

「お前が大飯喰らいだってのを知られたくないなら、教室や学食で昼を食べるのは避《さ》けた方が無難か。恥ずかしい芝居《しばい》も避けられるし。一応彼氏役としては、ふたり分を平然と食べる意地汚さとか、健康もダイエットも一切気にしない傍若無人《ぼうじゃくぶじん》っぷりを知らないのも不自然だ。こういうところからボロを出したくない」

「し、失礼ねっ！　いちいち意地汚いとか傍若無人とか！」

「実際量が普通じゃないだろーが。太るぞ」

「お生憎《あいにく》さま。あたし、食べても太らない体質なの！」

「つまり燃費《ねんぴ》が悪いという事か。地球環境の敵だな。大型アメリカンカーは本国でも時代遅れだって言うじゃないか」

「よく働くから燃料消費も大きいって言ってよね」

左手にサンドウィッチを持ったまま、右手のジャブで空《くう》を切ってみせる。

「午前中は普通に授業受けてただけで、それほどカロリーが必要だとは思えないがな。それとも、教科書読むだけで大幅にエネルギーを使うほど脳の性能が低いのか？」

「……キミと一緒に、顔が赤くなった分のカロリーは確実に浪費《ろうひ》しちゃったわね」

売り言葉に買い言葉。

思わず口にしたひと言で、弐華《にけ》はまた顔を赤らめる。凱《まさる》も口がへの字になってしまう。

これは、あまりにも強烈な自爆攻撃だ。確実なダメージを相手に与えられるが、同時に自分の生命も危険にさらしてしまう。

「ちょっと訊《き》きたいんだけどさ」

ずずっ——ストローを鳴らしてジュースを飲み干し、弐華は話を切り出《だ》す。

「雪村《ゆきむら》さんだっけ？　あの人、どーいう人？」

「どういうって……まあ、見た通りの真面目《まじめ》でおとなしい人だな。少なくともオレが知る限りでは。素性《すじよう》という話なら、慈民党《じみんとう》所属の国会議員・雪村耕三《こうぞう》のひとり娘だ」

与党の中でも保守派最大派閥《はばつ》に属する、若手ホープのひとりだ。まだ閣僚経験はないが、近い将来重要なポストを担当するだろうと言われている。

「へえ……。そういうお堅い人の子供もこんな学校に通ってるんだ。ちょっと意外」

「ここ、割とそういう奴《やつ》は多いぞ」

清恋《せいれん》が掲げている恋愛のマナーというのは国際社会——というより欧米のやり口だ。政治家や大企業の重役などは、場合によっては外国の上流階級と家族ぐるみの交際をする必要がある。その時、日本人は不作法《ぶさほう》で垢抜《あかぬ》けないと嘲笑《ちようしよう》されないために、清恋高校の授業は有効なのだ。

「生徒会長もタチバナ建設の御曹司《おんぞうし》だぜ」

「あー、納得。そういう顔と態度だよね、アレ」

「顔や態度で判断するな。ま、親としては好き勝手させて知らないところで変な異性に引っかかるより、恋愛を制度にしているところに放《ほう》りこんだ方が目も届くし安心って事もあるんだろうな。ここで教えている恋愛の作法やテクニックの中には、嫌な相手から身を守ったり、仲違《なかたが》いした相手ときれいに別れる方法なんてのも含まれているんだし」

もちろん、生徒本人が彼氏や彼女を見つける目的で入ってくる方が多いんだけどな――

最後に凱はそう付け加えた。

例えば、昨日凱に絡んで弐華にノックアウトされた連中もその類《たぐい》だろう。

「でさ。キミしかいなかった時も、あんなに熱心に委員長やってたわけ？　休み時間まで追いかけてきたり」

「その質問は前提からして無意味だな。少なくともオレは、お前みたいにいきなり教室からダッシュで逃げ出すなんて行動はしていない。例えば警察だって挙動不審じゃない善良なる一般市民であるところの通行人を、いきなり追いかけたりはしないだろう？」

「そっちが善良な一般市民なら、あたしは正義の味方だもん」

「あー、さいですか」

「ね。まさかとは思うけど……」

いきなり弐華《にけ》が真顔《まがお》になった。いや、むしろ何《なに》か苦いものを頬張《ほおば》ったような表情というべきか。

「あの委員長、キミに惚《ほ》れてるとかそういう事はないのかな？」

ぶぼっ！

盛大にコーヒースプレーを噴射《ふんしゃ》してしまう。

ある意味で幸運だった。屋外《おくがい》だから後始末《あとしまつ》の手間は少ないし、勢いがよすぎたせいで自分の服にもほとんどかかっていない。無糖だからあまりベタつかない。

「……どうしてそういう結論が出る？」

口元をティッシュで拭《ぬぐ》いながら凱《まさる》は質問を返した。

「だって、ちょっと熱心すぎると思わない？　あたしたちを見る目が、ちょっと普通じゃないっていうか。彼女がキミを狙《ねら》ってて、パートナーなしって触れこみだから安心していたのに、後からあたしが現れたんでライバル視してるとか。だいたい、ふたりきりのところを捜しに来るなんて、この学校のマナーに反してるんじゃないの？」

なるほど。自称正義の味方はちゃんと観察すべきポイントは観察していたようだ。だからといって納得や同意できる話ではないが。

「確かに委員長の態度はちょっと不自然だけどな……。お前、変な想像しすぎだ。それじゃ正義の味方じゃなくて、恋バナとか好きなその辺の女子高生だな」

「ち、違うってば！　そーいう話題が好きなんじゃないのっ！」

「じゃあ何《なん》だ？」

「ほら。キミが委員長さんとくっつけば、あたしたちがニセ恋人やらなくてもいーんじゃないかなーって……」

「……今から設定変えたら不自然極まりないだろーがっ！　だいたい、正義の味方サマは一度引き受けた任務は放《ほう》り出《だ》さないんじゃなかったのか？」

「だ、だから、この学校に巣くう悪を暴いて、陰謀を叩《たた》きつぶすとかはばっちり引き受けるの。そりゃもう、頼まれなくたって徹底的にやってみせる。だけど、恋人のフリは勘弁して。あんな恥ずかしい教科書読んだり、机くっつけてイチャイチャしたりとかって、もう耐えられないっ！」

「まだたったの半日だ」

　恋人ごっこが嫌なのは同感だが、立場としてはこう言わざるを得ない。

「今からでも考え直さない？　あの委員長さん、美人だし、性格もよさそうだし」

「だから、見た目で判断するな」

「？」

「いくら外面《そとづら》がよくても、陰ではどんな事を考えてるかわかったモンじゃない。いや、むしろ絶対に邪悪で卑劣《ひれつ》で凶悪で強欲な事を企《たくら》んでいるに決まっているっ！　女なんかに騙《だま》されてたまるかっ！　オレに惚《ほ》れてるとかいうよりは、この学校で密《ひそ》かに進行している悪事の黒幕っていう説の方がまだしも納得しやすい」

「そ、それはそれで偏見なんじゃない？　どっちかっていうと黒幕は『たまえ』男でしょ」

「……待てよ……。ありえない話じゃないよな？」

ほとんど勢いだけで口走った事だが、まるでジグソーパズルにショックを与えて崩した映像を逆再生するみたいに、頭の中でバラバラのパーツが組み上がっていく。

「そうだ……。普通は不自然だと思うんだ。オレとお前の関係は」

「ああ。今朝《けさ》、生徒会長室出た後でそんな事言ってたよね。でも、教室じゃそれなりに上手《うま》くやってたじゃない、あたしも」

弐華《にけ》はまだ理解していないらしく、きょとんと目を丸くする。

「だが、委員長は休み時間にまでオレたちを見張っていた。オレだけが転校してきた時とは違って」

「待って……！　それって、つまり何《なに》か陰謀があって、黒幕は生徒会長でウチのクラスの委員長さんはその手下って事？」

「手下か仲間か、そのあたりの事はまだわからないけどな。お前が転校してきた事で〈ヴィジランテ〉の疑いを強めて、監視しているのかも知れない。あのふたりがグルだと考えれば、どちらも〈公認恋人〉がいないのも頷《うなず》ける。陰謀の具体的なところはまだ不明だが、動きやすいフリーな立場を取っていた方が好都合《こうつごう》なのかも知れない」

「確かに。言われてみれば委員長さん、キミひとりっていうよりあたしたちを見ていたような気もするね」

「この推測が正しいとして……。逆に考えれば、監視をしてるって事はまだこっちの正体に確信がないって意味でもあるな。向こうにしても、ヘタに手を出《だ》して騒《さわ》ぎを大きくしたくはないだろうし」

「でも、見た感じじゃそんな悪い人には思えなかったよ。ほら、ありがち路線で考えたらあの生徒会長の仲間だったらもっとツンとした感じの、和風か洋風かはお好み次第だけどいかにも気位の高そうなお嬢様じゃないの？」

「だから、見た目だけで判断できたら簡単なんだよ」

「少なくともあたしは、一見《いっけん》して正義の味方ってわかるよう見た目も工夫《くふう》してるよ」

不敵な笑顔で、弐華は親指を立てる。間違いなく、これが彼女のお気に入りのポーズなのだろう。

「……オレから親切なアドバイスだ。カッコつけたい時は、口の脇《わき》に食べカスつけてない方がいいぞ」

真っ赤になって、口唇《くちびる》の端《はし》っこにくっついていたパンのかけらを慌てて払い落とす。

「と、とにかくっ！　会長――って、いけ好かない男じゃなくて奈々佳《ななか》会長の方ね。あの人の下《もと》で働いてたら、一見善玉《ぜんだま》風相手に疑い深くなっても仕方ないのかも知れないけどさ」

「オレは一例だけで万事《ばんじ》を判断するほど愚《おろ》かではない」

肩を小刻みに上下させながら、凱《まさる》はきっぱりと宣言した。

「まあ、ある意味でお前は例外と言えば例外か」

「そりゃそう。正義の味方だもん。腹黒い事なんか考えてないわよ」

「そうじゃない。最初から何《なに》も隠していない。バカで危険な事が最初から丸出《だ》しだった。他《ほか》の女がこっそり隠したブービートラップなら、お前は剥《む》き出しの爆弾だ。それも黒くて丸くて、ぶっとい導火線がにょっきり生えている奴《やつ》。しかもドクロマーク付きの」

「……何《なん》でそこまで女嫌いなの？　ひょっとして同性愛？」

「違うわ！　どーして誰《だれ》も彼も、女嫌いっつーとそっちに話を持っていくんだ？　アンチ巨人だって別に他の球団のファンじゃなく、オーナーが嫌いだとか、野球が嫌いで特にジャイアンツが嫌とか、バラエティやアニメのファンだからナイター中継を憎んでる奴とか、いろいろバリエーションは考えられるだろーがっ！　少しは想像力を働かせろ！」

「……なんか、わかったよーな、わかんないよーなたとえだね、それ」

そんな話をしているうちに時間も過ぎ、午後の始まりを告げるチャイムが響いた。

「さて……と。お互いさっさと任務を片付けて、この忌々《いまいま》しい学校からおさらばしたいって一点では意見が一致しているんだ。お前は、芝居《しばい》がヘタだって事をしっかり自覚して、変に気張ってボロを出さないように用心しろよ」

「わかってるわよ」

ふたりはどこか似通った苦笑を顔に浮かべつつ、かけ声もなしにほとんど同時に立ち上がった。

第四章　地獄の若草物語

問題は、午後の授業だった。

この日の最後は、体育だったのである。

「……普通、体育の授業って男女別じゃないの？」

教科書はないのに指定体操着はしっかり準備済《ず》みだったので、ハーフパンツにはき替《か》えた弐華《にけ》が小声で訊《たず》ねる。

「この学校に普通を期待するな。そもそもお前に普通を求める資格はない」

『幸福な家庭はみな一様《いちよう》に幸福だが、不幸な家庭はそれぞれに異なる形で不幸である』と言ったのは誰《だれ》だったたか。もちろん体育の授業においても、清恋《せいれん》にあるのは清恋特有の理不《りふ》尽《じん》さであった。

「はい！　今日の授業は社交《しゃこう》ダンスを教えます」

パンパンっ！

やっぱりまだ若い女教師が注目を集めるために叩《たた》いた手の音が、体育館に響き渡る。

「……何《なん》でよりによって……」

「いい加減理解しろ。そーいう学校だ」

あきれ顔の弐華《にけ》に、小声で耳打ちする。

「ソシアルダンスというのは和製英語で、本来はソシアリティダンス、あるいはボールルームダンスと言います。日本では一部の愛好家だけのたしなみですけれど、欧米では今でも普通に行われています。アメリカの高校で生徒が主催するプロムも、社交《しゃこう》ダンスが形を変えたものと言えますね。また、パートナーを大切にするという思いやりの精神を養うためにも役立ちますよ」

女教師は目を細めて解説する。この人は新婚ではない。夏休みに挙式を控《ひか》えている身だ。どういうわけか、というか、当然というか。教職員もそういう人が多い学校である。

確かに「学校を出た後でもある程度役に立つかも知れない」という点では、実用的な教育と言えるのかも知れない。少なくとも、人生のいかなる局面で使い道があるのかまるっきり不明の「創作ダンス」とかやらされるよりはマシか。

ホワイトボードにマーカーでワルツやタンゴなど基本の足運びを図示し、移動する時は反時計回りに動いて互いの衝突を避《さ》けるL・O・D《ライン・オブ・ダンス》の原則なども説明する。

「じゃ、試しに誰《だれ》か踊ってみましょうか。そうね……秋月凱《あきづきまさる》くんと、春日部《かすかべ》弐華さん」

「「げ」」

正しい返事ではなく、驚きの声がハモってしまう。

「転校してきたばかりで、お披露目《ひろめ》も兼ねて。春日部さんは、アメリカ帰りだからある程度慣れてるでしょ？」

「そ、それは偏見ってゆーか……。あたし、そういうのって踊った事ないし……」

「諦《あきら》めろ。あの先生がその気になったら、反論するだけ無駄《むだ》だ」

小声でぶつくさ言う弐華に告げ、凱は不承不承《ふしょうぶしょう》一歩前に進み出た。弐華も、頬《ほお》を膨らませた顔で従う。教えられたままのクローズドポジション——向かい合って右手でパートナーの左手を、左手で右手を取り合うワルツの基本姿勢を取る。

緊張しているせいか。互いの手が熱く、しっとり汗で湿っている。

「ね。キミ、こういうのやった事あるの？」

「ない。だけど、ステップは今の説明で覚えた。お前こそ大丈夫か？」

「……こっちも初めてだけど、何《なん》とかするわよ！　ああ……どっちにしたって地獄だわ」

「こういう時に覚悟ができないのは、正義の味方らしくないぞ」

作り笑顔を寄せ合ったまま、小声で言葉を交《か》わす。

慣れてないというのは本当なのだろう。強気で強引な弐華には珍しく、不安げな表情が間近に見えた。多分、普通の男なら『守ってあげたい』とか思っちゃうような。

ヘタなダンスを見せたら無様《ぶざま》。かといってきちんと踊ればそれはそれで恥ずかしい。己《おのれ》のカッコよさを何《なに》よりも尊重する弐華にとっては、確かに八方塞《ふさ》がりな状況だろう。

「はい。それじゃ音楽いきますよ～」

能天気な声を合図に、教師はＣＤプレイヤーのスイッチを入れた。

緩やかなワルツのメロディが流れ出《だ》す。

まず右足。教わった通りに、手本通りのステップを凱《まさる》は刻む。

最初の一、二歩は戸惑ったものの、滞《とどこお》りなく、弐華《にけ》も絶妙のリズム感で追随《ついずい》してきた。体操着でワルツというミスマッチを衆人環視《しゅうじんかんし》の中で踊る恥ずかしさの方が、どたどたとぎこちない足運びをするみっともなさよりはマシと判断したのか。

「オレのリードに合わせろ。こんなの、パターン通りで充分だ」

「わ、わかった。ＯＫ！」

凱の小声に弐華が応じる。調べに乗って、淀《よど》みのない三拍子のステップが繰り返される。決められた型を踏襲《とうしゅう》するのは、凱にとってはむしろ得意分野だ。弐華さえ呼吸を合わせてくれるなら、初めてのダンスでも何《なん》の問題もない。

音楽に合わせ、足だけではなく自然に肩も揺れる。メロディが補助線になって凱と弐華の動作を、鼓動を、呼吸を整える。まるで映画のワンシーンのように、ふたりが溶けあい、音楽とも融合《ゆうごう》し、ひとつの自然な流れとなって揺らぎ続ける。

曲が終わると同時に、調和した動きもぴたりと止まる。

数秒の空白の後《のち》、拍手が巻き起こった。

「ふたりとも……。本当に初心者なの？　どこかの教室でレッスン受けてない？」

両手を打ち合わせながら、熱っぽい口調で女教師が感嘆する。

「ど、どーもぉ」

「お前、何だかんだで賞賛《しょうさん》浴《あ》びるのは嬉《うれ》しいのな」

笑いながらクラスメイトに手を振《ふ》る弐華には、凱の小さな揶揄《やゆ》は届いていないらしい。

まだ手をつないだままだった事に凱が気づいたのは、弐華の体温の熱さと、体育座りのままこちらを見つめる百合乃《ゆりの》のどこか尖《とが》った眼差《まなざ》しのおかげだった。


ようやく授業という名の羞恥《しゅうち》プレイから解放された放課後、『校内デートコース』を囲むフェンスの傍《かたわ》らで、大げさにうなだれた姿勢で弐華は呟《つぶや》いた。

「……ひとつだけ、現時点ではっきりしている事があるわ」

「何だ？」

「一刻も早く陰謀を暴いて、黒幕ぶっ飛《と》ばして、こんな学校からおさらばしないと、あんな地獄の羞恥プレイが延々と続いちゃうって事よ！」

「その点については全《まった》くの同感というか、オレとお前の利害は一致してるな」

「じゃ、とりあえず生徒会長のところに行って真相を白状させて……」

「待て！」

指をポキポキ鳴らして歩き出そうとする弐華の肩を、凱は後ろからつかんだ。

触れると、以外に華奢《きゃしゃ》で頼りない。男ふたりを軽々とダウンさせる力を秘めているとは思えない、女の子の骨格だ。

「現時点じゃ陰謀とか黒幕の実在さえ確定してない」

「だから第一候補から話を訊《き》くんでしょ！」

「それで何《なに》もなかったらどうする？」

「何か言うまで締《し》め上げればいいの！」

「お前、正義の味方がそれでいいのか？　自白の強要は後々大問題を引き起こすぞ」

凱《まさる》だって清恋《せいれん》高校に長居したくないのは同じだから、何《なん》でもいいから手っ取り早い手段を取りたくなる弐華《にけ》の気持ちだってわからないわけではない。だが、それでもやっていい事と悪い事の区別というのは厳然として存在するのだ。

そもそも、弐華が現れるまで遊んでいたわけでも、清恋高校の毒気《どっけ》に当てられてダウンしていたわけでもない。ちゃんと地道な捜査は続けていたのだ。

確かに違和感はある。秘密のトラブルを抱えた学校特有の、どこかきしんだ印象が。弐華に言われるまでもなく、橘《たちばな》会長にもどこか疑わしいものを覚えている。

だが、まだ具体的な糸口にはならない。気配《けはい》だけだ。〈ヴィジランテ〉としては、それだけで軽々しく動く事はできない。実際には不正がないのに強行捜査すれば、凱個人の責任に留《とど》まらず〈キャビネット〉の方針や存在そのものが問題視される。逆に、本当に悪事が行われている場合も、ヘタに騒《さわ》ぎを起こせば相手に証拠隠滅《しょうこいんめつ》のチャンスを与えてしまう。然《しか》るべき行動に移るためには確かな証拠が——少なくとも証拠を確保できる見込みが必要なのだ。決して『何となく悪そうな奴《やつ》を殴り倒《たお》して、はいお終《しま》い』というお手軽コースではない。

「——で、まだ調べてなくて、怪しいと言ったらココになるんだが」

まずフェンスを見上げ、それから少し離れた出入口に目をやる。何組もの生徒たちが手をつなぎ、あるいは腕を組み、肩を寄せ合いながら中へ入っていく。

「だったら、あたしたちも入っちゃえばいいじゃない！　正義のためなんだし。手つないだりするのは別にルールじゃないんだから、普通にふたり連れってだけで大丈夫でしょ？」

弐華の気持ちは、凱にも理解できた。ここでちょっと恥ずかしい思いをしても、これから何日も授業開始から終了まで延々と続く羞恥《しゅうち》プレイよりはマシという事だ。

「今朝《けさ》の、生徒会長の話を思い出《だ》せよ。それとも、大量のエネルギーを必要とする低燃費《ねんぴ》脳はもう完全に忘れてしまったのか？」

確かに〈公認恋人〉になれば塀《へい》の中に入る事は可能だ。だが、プライマリーレベルのままでは利用できる施設が限られる。今日入ってもデートコースの全《すべ》てを回るのは——というか調査するのは無理だ。

「お前は何度も何度も何度も、バカップルのフリしてこの中に入りたいか？　オレは冷静な合理主義者だから、嫌な事はなるべく一度で済《す》ませてしまいたい」

「冷静な合理主義者って、自分で言っちゃうのは結構恥ずかしくない？」

「冷静かつ合理的に判断した結果、オレは冷静な合理主義者なんだよ。少なくとも正義の味方よりは恥ずかしくない」

「だったら、あたしもあたしの中の正義に照らして恥ずかしくない正義の味方だもん」

胸を張って、弐華《にけ》は答えた。顔の横で一瞬遊んだ手が髪をかき上げたのは、本当ならテンガロンハットのつばを持ち上げたいところだったのだろう。

「不毛な罵《のの》りあいはやめよう。時間の無駄《むだ》だ」

「そっちが変な事言い出《だ》したからでしょ」

「オレとしては必要な手続きを全部終えてから、一度に片付けてしまいたいと思う次第だ。で、電車で三〇分くらいだったか？」

「何《なに》が？」

唐突な質問に、膨らみかけていた弐華の頬《ほお》から空気が抜ける。

「お前の家だよ。〈公認恋人〉証の裏側にお前の保護者からサインをもらえば、明日にでもスタンダードレベルだ。捜査活動に移れる」

「え？　あ、あたしに家なんてないよ。だってほら。さすらいの正義の味方だし！」

「白々《しらじら》しい嘘《うそ》をつくな」

「えーと……。そ、そう！　アメリカよ！　あたしのパパもママもアメリカにいるの。会って書類にサインもらうとか、ちょっと難しいね。だから、キミの家に行こうよ」

「そういう嘘ついても無駄。アメリカに住んでたのは今年の春まで。現在は如月台《きさらぎだい》のマンションに両親と三人暮らし。きちんと確認は取れてるんだからな」

弐華の住所や家族構成は〈ヴィジランテ〉登録手続きの際にチェックしてある。恋人という設定ならば知っていて当然のデータは、凱《まさる》は漏《も》れなく記憶しているのだ。

「許可なら、キミの親からもらえばいいじゃない！」

「オレの家族はアルゼンチンだ。地球の裏側だ。困った。アメリカよりまだ遠いぞ」

「そっちこそ嘘。細かい住所とかは覚えてないけど、普通に家族と同居だったはず！」

「ち。覚えてやがったか」

お互いに恋人を演じるためだ。凱が弐華のプロフィールを覚えるのと同様、弐華の方にも簡潔にまとめた凱のデータが与えられている。

あまりにも事実と違う設定だと、何かの拍子にうっかりミスで矛盾が出る危険が大きい。特に今回、弐華は潜入《せんにゅう》捜査の素人《しろうと》だし、凱にしてもコンビを組んでの仕事は初めてだ。だから、偽装《ぎそう》のための作り話は最小限に留《とど》め、互いの情報を普通に交換する。

当然といえば当然の措置《そち》なのだが、凱としては奈々佳《ななか》を恨みたくなった。いや、ひょっとしたら彼女の事だから状況がこじれた方が面白いとか企《たくら》んだ可能性だってある。そして、君貴《きみたか》は奈々佳《ななか》の命令とあらば凱《まさる》が困る事であっても嬉々《きき》として処理してしまうデスクワークの達人だ。

「キミがそういう事言うんだったら、あたしの家は火星よ、火星っ！」

「なるほど。やはり地球人じゃなかったか。だったらあの非常識も頷《うなず》けるというものだ。火星じゃまだ西部劇が流行《はや》ってるのか？　確かにあそこは砂漠と荒野《こうや》ばっかりだし」

「そーいうツッコミはなしでしょ、この場合。キミの方も張り合って銀河系とか言い出《だ》すのがセオリーでしょ？」

「そんなセオリーは火星にしかない。だいたいな、その手のネタだと必ず銀河系って言う奴《やつ》がいるけど、ここはもう銀河系だから」

「え？」

弐華《にけ》は、本気できょとんと目を丸くした。

「あー、やっぱり勘違いしてたな。オレたちがいる太陽《たいよう》系も天《あま》の川銀河の中にある。その調子だと多分、光年は時間の単位だと思ってるんだろ。『一〇〇万光年早い』とか」

「光年？　ライトイヤーは距離の単位でしょ？」

「何《なん》でそっちは普通に知ってる？」

ツッコまずにはいられない。資料を見ただけでは、相手の人柄《ひとがら》まではつかめない。この女、何《なに》を知っていて何を知らないのかの基準が全《まつた》く不明だ。

女というだけでも面倒なのに、どうしてコレと恋人役なんかやらなければならないのか。

「とにかくっ！　地球の反対側でも宇宙の彼方《かなた》でもないんだから、キミの親からサインもらえば簡単よね？　ずっと〈ヴィジランテ〉やってたんだから、理解もスムーズでしょ？　まさか他人に見せられないような家に住んでるわけでもないだろうし」

「家もそうだが……オレの家族には会わせたくないんだよ」

「あたしだってそうよ。ぜーったい嫌っ！　特にキミを連れて、ニセ恋人だとか、そういう話を知られるのなんてっ！」

弐華の顔が微《かす》かに赤らんでいる。

妙だ——と、凱は思う。

自分ほどの特殊な例は別にしても、高校生にもなると友達に家族を紹介するのは少なからず恥ずかしい。だが弐華は、そういうせせこましい羞恥心《しゅうちしん》とは無縁の、大胆というか大《おお》ざっぱなタイプだと思っていた。

「正義の味方」を許して馬まで飼ってるような家だったら、本当の彼氏というのならともかく、最初から事情があっての芝居《しばい》なら話も通しやすいだろうに。

「任務に必要だ。我慢しろ。正義の味方は、一度引き受けた事は投げ出さないんだろ？」

「あたしがやるしかない事なら絶対逃げないけど、これはキミの親でもＯＫよね？　だったら先任の〈ヴィジランテ〉としてキミが手本を見せてくれるべきじゃないかな？」

「どっちでもいいんだったら、お前のところでもいいだろ」

「その言葉、そっくりそのままお返しするわ」

数センチの距離に互いの顔を近づけ、一歩も譲らぬ姿勢で言葉をぶつけ合う。

「……このまま話していても完全に平行線だな」

「そうね。時間の無駄《むだ》だと思うわ。ね、いっそ公平にコイントスで決めない？」

「……いいだろう」

「あたしがトスするから、飛《と》んでる間に裏か表《おもて》か選んで。肖像《しょうぞう》がある方が表ね」

弐華《にけ》がポケットから出《だ》したのはぴかぴかに磨《みが》かれた一〇分の一ドル――ダイム硬貨《こうか》だ。

凱《まさる》の返事を待たず、左の親指で弾《はじ》いて宙に舞わす。

「……裏！」

凱が宣言すると同時に、弐華の右手がぴくりと動いた。わずかに持ち上がり、左手がコインを包みながら覆《おお》い被《かぶ》さる。

開かれたそこにあったのは――ルーズベルトのレリーフ。

「残念でしたー。はい、決定！　あたしの勝ちって事で。キミの家に案内してもらうわよ」

「ちょっと待て。お前今、落ちてくるコインを迎えにいっただろ？」

「え？　えーと……、な、何《なん》の事かなぁ。あははは……」

笑いが、ぎこちない。

「しらばっくれるな。お前が、嘘《うそ》つくのヘタなのはもうバレてんだよ」

凱自身やれと言われても実行できないが、並外れた動体視力と反射神経があれば、落下中のコインの動きを見極め、望むタイミングで押さえる事も可能かも知れない。

そして、弐華は多分その両方を備えている。

「正義の味方がこういうインチキをやってもいいのか？　公平とか言ったくせに」

「ほ、ほら。正義の味方にもどうしようもない事情があるっていうか。緊急避難は許されるっていうか。『セロリに葉っぱは代えてもいい』って奴《やつ》で」

「ひょっとして、背に腹は代えられないと言いたいのか？」

「そうそう、それそれ。そうとも言うわね」

「そうとしか言わない。ま、こういう勝負ならイカサマがバレた方が自動的に負けってのがどこのカジノでも通じる鉄則だな。チップは全額没収《ぼっしゅう》、以後出入り禁止。おとなしくお前の家に案内してもらおう」

「あーっ、ズルいっ！　卑怯《ひきょう》っ！　そんなに女の子の家に行きたいわけ？」

「そういうんじゃない！　女の住処《すみか》なんか別に見たくも何ともないっ！　任務で必要だからだろうが！　そうやって逃げるのは、正義の味方としてカッコいいのか？」

「う……っ！」

弐華のこめかみがピクピク震える。

この女の操縦法というか、キーになるスイッチはわかった。要するにカッコいいか悪いかが何《なに》よりも優先する基準なのだ。理解したから何《なん》だという気もするが。

どうせコンビを組まされているのも長くはないだろうに。

「ね。もう一度っ！　今度こそ公平に勝負！　それで恨みっこなし。ジャンケンとか」

「……仕方ねぇな。本当にそれで一発勝負だぞ」

「OK。じゃ、いくよ。最初は……！」

「待てっ！」

右手を背に隠し、左手の人差し指で眉間《みけん》を押さえてへの字口で身構える弐華《にけ》を制する。

何しろトスしたコインを操作する動体視力と反射神経だ。

「お前の実力なら、コンマ数秒の判断で巧妙に後出《だ》しとかやらないとも限らない。一度インチキした以上、こっちとしては当然それを警戒するぞ」

「じゃあ、どうするのよ？」

「……そうだな。手元に小銭が三種類あるか？　アメリカじゃなくて日本の奴《やつ》だ。とりあえず一〇円、五〇円、一〇〇円」

己《おのれ》の財布を覗《のぞ》きこみながら、凱《まさる》は確認した。弐華も自分のを確かめて頷《うなず》く。

「よし。それを使ったジャンケンをしよう。お互いに右手にコインを一個だけ握りこんでおいて、同時に開く。一〇円がグー、五〇円がチョキ、一〇〇円がパーだ。もちろんあいこだったら同様にして再戦。ルールにない硬貨《こうか》や、二枚以上を一度に握ってたりしたら、あるいは一個も持ってなかったらその時点で反則負け」

後から揉《も》めないように、コインとグーチョキパーの対応を走り書きでメモし、提示する。

「キミがパームとか使わないって保証は？」

パーム——手の中に小さな品物を隠しておく奇術用語だ。心得のある人間ならばコイン程度は指と指の間、あるいは手のひらの皺《しわ》や筋肉のすき間を使ってたやすく保持できる。

「その言葉を知ってるって事は、そっちも素人《しろうと》じゃないな？　多少心得があるのは認めるが、それほどの腕前じゃない。開く前に、互いに相手の右手首を左手で握り、コインをさらした後で手の裏表《うらおもて》まで確認する。開く時は指の間を開いて離す。これなら公平だ」

「確かに、それならトリックが入りこむ余地はほとんどないわね。ＯＫよ」

「よし。じゃあ、そっちもちゃんと選んでくれ。オレも考えるから」

たかがジャンケン。それも、どっちの家族に会うかというだけでここまでやらねばならないのか——ならないのだ。少なくとも、秋月《あきづき》凱にとっては。

あの家族を、他人の目には触れさせたくない。叶《かな》うならば、秘密にしておきたい。

大丈夫、勝てる。そのための準備はした。

弐華に背を向け、ほくそ笑みながら凱は右手に五〇円玉を握りこんだ。

トリックの余地は排除したが、全《まった》くの無策でもない。己の尊厳を懸けた勝負を運任せにするほど、秋月凱《あきづきまさる》は愚《おろ》かな人間ではないのだ。

仕込んだトリックは物理ではなく、心理的なもの。コインとジャンケンの対応関係を一方的に決めた事こそ必勝の策略だ。

弐華《にけ》の性格ならば十中八九《じっちゅうはっく》、一〇〇円を選ぶ。選択肢《せんたくし》の中で最高額で、キリもいい数字があいつ好みのはず。まぎれが起きにくいように「ナンバーワンの一円」や「文句なし最高金額の五〇〇円」はリストから除外《じょがい》してある。

そこで五〇円――即《すなわ》ちチョキを選べば勝てる。

五円、五〇円、一〇〇円という組み合わせならさすがに不自然でこちらの作為を警戒したかも知れないけれど、選んだ三種は普通に財布に入っていそうなものばかりだ。

完全に行き当たりばったりでどれを選ぶかわからないなら勝敗は五分五分だが、さっき彼女は一瞬だがおでこに指を当てて気張っていた。つまり、成り行き任せではなくグーチヨキパーのどれを出《だ》すか『考えて』いるという事。

だからコインを選択するという形式を取って、思考する時間も与えた。考えれば考えるほど罠《わな》に誘導されるとも知らずに。後から変な反論ができないよう、ルールもきっちり決めた。対応表も証拠《しょうこ》に残した。九割九分、こちらの勝利は揺るがない。

単純な力押しで解決したがる春日部《かすかべ》弐華よ。この提案をノーチェックで受けた時点で、お前の敗北は決定していたのだ。人類の英知《えいち》の前に屈するがいい。

「よし。いくぞ」

内心の喜びが漏《も》れないよう表情を引き締《し》めながら、凱は弐華と向かい合う。

「いいわ」

ぐっ！

凱が差し伸べた右手首を、弐華の左手がつかんだ。凱も倣《なら》う。恋人のフリでなければ、とりあえず触れるのにお互い抵抗はない。

肩だけじゃない。握ってみるとやっぱり手首も細い。こんな細い腕で、弐華は正義の味方とか言って己《おのれ》の強さを誇示《こじ》しているのか。

「いいか？　同時に開くぞ」

「わかってるわ。一、二の……三っ！」

勝利を確信しながら、凱は一気に指を広げた。

銀色の五〇円硬貨《こうか》が輝いている。

「やったぁっ！　あたしの勝ちっ！」

弐華の手の中にあったのは、赤銅《しやくどう》色の一〇円玉だった。

「え……」

何故《なぜ》だ。

どうして、彼女が一〇円なんて一番金額が低く、見た目も冴《さ》えないコインを選んだのか。

「お、お前、どうして一〇円なんだよ！」

「どうしてって……ただのカン。あと、いちばん大きいから」

「大きいのは一〇〇円だろ！」

凱《まさる》の声は、半《なか》ば悲鳴《ひめい》と化していた。

「あたしも今初めて実感したんだけど、一〇円の方がほんのちょっぴり大きいのよ。やっぱりこういう勝負の時って、強そうな奴《やつ》を切りたいじゃない？　五〇円とか半端だし、穴が開いてて何《なん》となく縁起悪そうだし」

「サイズ……金額じゃなくてサイズかよ！」

絶望に凱は跪《ひざまず》き、天を仰ぐ。

この女の頭の悪さを、単純さを見誤《みあやま》っていた。常人の理屈にすがってしまった。

確かに一〇〇円硬貨《こうか》の直径は二二・六ミリ。一〇円は二三・五ミリ。よもや金額ではなく物理的な大きさの方を優先するとは。

「さてと。これで勝負あったわね。これから出向くのはキミの家って事で。ＯＫ？」

「……ああ……」

策士策に溺《おぼ》れるとはこの事か。後から変にこじれないように逃げ道は全部塞《ふさ》いでおいた。己《おのれ》の退路もまた断たれたのだとは気づきもせずに。

「勝負の結果だから仕方ないが……。いいか。我が家に来た結果、何《なに》がどうなろうとそれはお前の自己責任だからな。オレがフォローするとか期待するな。お前の生命身体の安全は保障しないし、常識がブッ壊れても自業自得《じごうじとく》だ。あ、いや。お前の場合壊れるような常識が最初から存在していないか」

「脅《おど》しのつもり？　今からそんな事言ったって、じゃああたしの家って話にはならないわよ。大丈夫。ちょっとやそっとのトラブルなら、あたしは自力で切り抜けられるって、キミも知ってるでしょ？」

　にっこり笑って力こぶのポーズを取っているのは自信の表れか。それとも、行き先が凱の家に決まった安心のためか。

「……何してるの、凱くんたち？」

　急に名前を呼ばれて顔を上げる。

　たまたま通りかかったのだろう。野口《のぐち》が不思議そうな顔でこちらを見ていた。もちろん、一年生の彼女も一緒。

「い、いや！　別に何もしてないっていうか……」

しどろもどろの弐華《にけ》が両手を大きく振《ふ》り回す。

「野口。お前、どこから見てた？」

「どこからって……凱くんががっくりうなだれるあたりかな？」

這《は》いつくばったまま、凱は安堵《あんど》した。

少なくともニセ恋人とかいう話は聞かれていなかったようだ。

弐華《にけ》の波長に乗っかってしまったせいか、冷静な合理主義者を自称する身としてはありえないほどエキサイトしていたらしい。

「ま、まあ、オレとこいつのふたりだけの話だ。大した問題じゃない。気にしないでくれ。ははは……！」

「うん。わかった。ひょっとして何《なに》か特殊なプレイとか？」

「「違う！」」

凱《まさる》と弐華が、同時に反論する。

「仲いいんだね。じゃ」

彼女と一緒にくすくす笑いながら、野口《のぐち》は去っていく。

「キミが変な事言い出《だ》すから、誤解されちゃったじゃない！」

「仕方ないだろ。恋人のフリしなきゃいけないんだから、あの誤解はむしろ好都合《こうつごう》だ」

もちろん、都合がいいからといって嬉《うれ》しいわけではない。凱だって内心では嫌でたまらないのだから。ただまあ、偽装《ぎそう》工作とは別の部分で妙に呼吸が合ってるという事実は認めざるを得ないが。

「じゃ、さっさと恥ずかしい真似《まね》を終わらせるためにも、キミの家に行こうよ」

「本当に、どうなっても知らないからな……」

忠告とも脅《おど》しともつかない宣告の後はほとんど会話らしい会話もなく、私鉄とバスを乗り継ぎ、さらにてくてく歩いてふたりは目的地にたどり着《つ》いた。即《すなわ》ち、秋月《あきづき》家の前。

「ひょお……。ひょっとして、君の家って巨大神《きょだいしん》っていう奴《やつ》？」

「もしかして、それはお大尽《だいじん》って言いたかったのか？」

「そうそう。そうとも言うわね」

「そうとしか言わない」

弐華が驚くのも無理はない。

凱が案内した「我が家」は、ちょっとした公園並みの敷地を占める大邸宅《だいていたく》だったのだ。

もっとも、伝統的な純和風建築でもなければ、城と見まごう洋館でもない。キレのいい直線と滑《なめ》らかな曲線を組み合わせた、機能美と芸術性が融合《ゆうごう》した現代建築である。

郊外の丘陵《きゅうりょう》を造成した新興住宅地で、周囲にはまだまだ林が残っている。

周りの宅地がまだほとんど手つかずなため、ますます秋月家の偉容《いよう》だけが目立っていた。

「えっと……訊《き》いていい？　仕事、何やってんの？」

さすがの弐華でも気圧《けお》され、遠慮がちな口調になってしまう。

言いたくはないが、ここまで来た以上すぐに知られてしまう。隠しても意味はない。

凱はしぶしぶ口を開いた。

「ウチの母は、ニュームーンの社長だよ」

「ニューム─ンって……あのニューム─ン？」

数秒考えてから、弐華《にけ》は胸元に手を当てた。自分が身に着《つ》けている下着も、そこの製品だと思い当たったのだ。

ニューム─ン・グループ──大本《おおもと》は、二〇年以上前にまだ大学生だった凱《まさる》の母・雅《みやび》が起業したランジェリーの通販会社だ。

それがあれよあれよという間に業績を伸ばし、販売だけでなく製造も手がけるようになり、さらに化粧品やその他《ほか》のアパレルにまで手を広げ、繊維《せんい》メーカーや化学研究所まで傘下に納め、気がつけば今も業績を拡大し続けている巨大複合企業だ。

「ウチの家族は……まあ、その……率直《そっちょく》に言って変わり者だから。用心しておいてくれ」

凱の警告は、しかし弐華の耳を滑《なめ》らかに素通《すどお》りしていく。何《なに》しろ目の前の大邸宅《だいていたく》のインパクトが大きすぎる。ただただ、見上げてこくこく無言で頷《うなず》くだけだ。

掌紋《しょうもん》認証と暗証番号でセキュリティチェックし、同行者一名を告げると重厚な正門が音もなくスム─ズに開いた。

敷地のサイズに比べると前庭はさほど広くはない。それでも、玄関まではアプローチを数分歩く必要があった。もう一度、凱がセキュリティを解除してドアを開ける。

「ま─ちゃんっ！　おっめでとぉ～っ！」

パァンっ！

ふたりを出迎えたのは、クラッカーの破裂音と色とりどりの紙吹雪《ふぶき》テープ。

手にしているのはメガネでショートカットの女性。背は低めだが、白衣を羽織《はお》った身体《からだ》は締《し》まるべきところが引き締まり出るべきところがボンと張り出《だ》した成熟《せいじゅく》したプロポーションだ。飾《かざ》り気《け》のない服装なのに自然な女性美がアピールされている。

「究姉《きわむねえ》……何《なん》だよ、これは？　何がめでたい？　今日は全国的に平日だぞ。どっかオレの知らない国の独立記念日か何かか？」

「だってぇ、まーちゃんが女の子を家に連れてきたんだよ。姉としては絶対に祝福しなくちゃいけないし？　きっと彼女を家族に紹介しようとしてドキドキしてたんでしょ？　体温が三七・〇三度、脈拍《みゃくはく》が七八で通常時よりも明らかな興奮が認められたし」

嬉《うれ》しそうに小刻みに身体をくねらせながら、メガネの女性は早口でまくし立てる。

「いつ測ったたっ？」

「もちろん掌紋チェッカーに組みこんだに決まってるじゃない。今までずーっと使うチャンスがなかったんだけど、とうとうまーちゃんのドキドキが確認できたわっ！」

確かに多少の上昇はあったかも知れない。

ただしどちらも正常値の範囲内だし、多少緊張や興奮があったとしても、弐華を恋人として紹介するからではなく、むしろ弐華に家族を知られるプレッシャーの方が上だ。

「……だいたい、外に出して雨風にさらしてる機械で精密な測定ができるか？」

「あ、別にまーちゃんの秘密を探るのだけが目的じゃないよ。家族の健康を確認するのに便利だし？　それに訪ねて来た人の緊張や興奮を測って警戒レベルが自動的に上昇するように調整したんだから。うん、究《きわむ》ちゃんってば偉《えら》いっ！　家族思いっ！」

「……えっと、この人、誰《だれ》？」

「ああ。ごめんね。自己紹介が遅れて。あたし、秋月《あきづき》究。帝都《ていと》大学理学部の一年。みんなは究ちゃんって呼ぶから、あなたもそう呼んでいいよ。あ、まーちゃんの彼女だったら『おねえさん』でもいいかな？　義理の姉と書いて『お義姉《ねえ》さん』。結婚したらそう呼ぶ事になるんだし、今から慣れておいてもいいよね？」

究のテンションに、さすがの弐華《にけ》も半歩後ずさった。おかげで『まーちゃん』にいちいちツッコミが入らないのが、凱《まさる》にはありがたかったが。

これだから、できれば我が家には連れてきたくなかったのだ。

「こいつは春日部《かすかべ》弐華。ただのクラスメイトだよ。別に彼女とか、そういうんじゃない」

「またまたぁ。そんな照れなくてもいーんだよ。同級生とかごまかして。本当は彼女なんだよね？　まーちゃんのガールフレンドが我が家に来るなんて小学校三年のお誕生会以来じゃない。こんな貴重なチャンス、歴史的瞬間に立ち会えておねーさんはとっても幸せよ。大丈夫。ママや優姉《すぐるねえ》が何《なに》を言っても、あたしだけはまーちゃんの味方だからねっ。大船に乗ったつもりで任せなさいっ！」

「だから、究姉《ねえ》が考えてるような間柄《あいだがら》じゃねえんだってば！」

いくら言っても無駄《むだ》だというのは経験的に痛感しているが、それでも凱は反論せずにはいられない。

その時——。

「うぉらーっ！　凱〜っ！　帰ったんならさっさと顔出《だ》せぇ！」

奥の方から、ろれつの回っていない怒鳴り声が響いた。

「……優姉もいるのか？」

「うん。収録が延期になったんだって」

究がいきなり不安そうな表情を浮かべて頷《うなず》いた。

「くぉらー、早くしろぉっ！　死にたいのか、てめえっ！」

「わ、わかった。すぐ行く。今、行くから！」

大声で答え、頭に載っかった紙吹雪《ふぶき》を払い落とし、靴《くつ》を脱いで廊下を小走りする。弐華も、何《なん》となくその後に続く。

広い居間では、ソファの上に半裸《はんら》の美女が横たわっていた。

いやまあ『ソファの上に半裸の美女が横たわっていた』という表現は間違いではない。

単純な事実だけ述べればその通りだ。

ただし、その字面《じづら》から連想されるような優雅な情景ではない。

確かに美女は美女だ。それもとびきりの。卵形の整ったフェイスラインに、つややかな白い肌。ごく淡いラベンダー色の精緻《せいち》なレースに包まれた胸は大きく、それでいて重力に負けない自然な張りを保っている。

優美とか絶妙という形容では足りない。

敢《あ》えて言葉にするなら——完璧《かんぺき》だ。

ミロのビーナスさえこの均整の前には嫉妬《しっと》を覚えるだろう。

問題は、パーフェクト美人が酔っぱらいモードでソファに寝っ転がっている事だ。

脱いだスカートもストッキングも放《ほう》り出《だ》し、ビールの空き缶、ポテチ、裂きイカの袋やらを散らかして、アルコールが回りきった目つきでテレビを眺めているのだ。

いや。むしろそんな状態なのに揺るがないその美しさこそが驚異なのか。

その美女が、発音の怪しい巻き舌酔っぱらい口調で叫んだ。

「遅《おせ》えぞ、凱《まさる》。あたしが呼んだらコンマ二秒以内に来い」

声もやはり美しかった。

「無茶《むちゃ》言うな！　どんな移動速度だ、それは！」

「さっさとあたしの服片づけろ。シワ残したらデコピン五万発な。それから、酒とツマミ」

「はいはい」

ぶつくさ言いながら、凱は放り捨ててある服を拾って形を整えてハンガーに掛ける。

その背中を、美女は長い脚《あし》を伸ばして蹴《け》った。特に意味もなく。日常茶飯《さはんじ》事なので、凱は何《なに》も言わない。

文句を返せばそれだけキツいのが五倍くらいになってフィードバックされる。

「ったく。あの腐れ××《ピー》のアホ御用《ごよう》学者が。今どきカビも生えねえような財政論ほざいてんじゃねえよ。しかも矛盾指摘されたらヘソ曲げてプロデューサーに泣きつきやがって。おかげで後日再収録だと。あー、面白くねぇっ！」

手にしていたビールのロング缶を一気にあおり、空になったそれを凱の頭に命中させる。からーん、と実にいい音が鳴った。

「えっと……。その人も、お姉《ねえ》さん？」

部屋の入り口で立ち尽くしていた弐華《にけ》が訊《たず》ねると、寝転がっていた美女はいきなりシャンと身を起こした。

「お客さん？」

瞬間的に、美女の顔がチェンジした。

もちろん目鼻の造形そのものがトランスフォームしたとかそういう事ではない。表情が変わっただけだ。それでも、一変と呼ぶのにふさわしいほどの変化だった。一瞬前までの危険かつだらけたムードはどこかへ消え去り、優美で知的な雰囲気をまとっている。

その顔で、弐華は気づいた。

「え？　あれ？　あーっ！　秋月優《あきづきゆう》っ？」

目の前の美女は、まさにつけっぱなしのテレビに映っているのと同一人物だった。

クイズバラエティで、にこやかな笑みを浮かべ、難問にすらすらと答えてお笑い出身の司会者を感心させている人気タレント秋月優。

この番組だけではない。現役帝大生《ていだいせい》タレントとして週に四本のレギュラー番組を抱え、雑誌に連載しているエッセイやコラムをまとめた本はベストセラー。もちろん写真集も売り上げナンバーワン。

世事《せじ》には疎《うと》い弐華《にけ》だが、さすがに名前も顔も知っている。

ただ、第一印象はあまりにイメージとはかけ離れていたが。

「優は芸名で、本名は同じ字ぃ書いてスグルだけどな」

「いちいち言わなくていいっ！」

どげしっ！

また長い脚《あし》のキックが、解説する凱《まさる》の背にヒットする。

「実はね。次のグラビアでは下着姿を披露《ひろう》しようかってアイディアがあるのよ。もちろんいやらしい路線じゃなくて。まあ、アイディアだけだから流れるかも知れないんだけど。そのための予行演習っていうか。イメージトレーニングっていうか」

別に訊《たず》ねもしていない事をすらすらと説明しながら、優《すぐる》は軽く腰をひねって肩を入れ、左手でうなじの髪をかき上げるポーズを取った。

「えーと……」

弐華としても返答に困ってしまう。

「下着姿はともかく、その説明じゃビールとか大声とかの説明はつかないんじゃ……」

「はは。やっぱりそうよね」

げしっ！

いきなり元《もと》の表情に戻ると、優は凱をスリーパーホールドに極《き》めた。

豊かな胸の間に、頭が埋まる。

「げほっ！　く、苦しいっ！　優姉《ねえ》っ！」

ただのスリーパーではない。がっちり喉《のど》に食いこむチョークスリーパーだ。呼吸を遮《さえぎ》られた凱の顔がみるみる紫色に染まっていく。

「そもそもお前が、客連れて来たって先に言わないから悪いんだろーがっ！　こんなところ見られたら、あたしのタレント生命——いや、政治生命に関《かか》わるだろ」

「無茶《むちゃ》だろ、それ！　いきなり大声で呼びつけたくせに！」

「凱でしかないお前があたしに口答えするか？　の○太のくせに生意気だ！　お前が客を連れてくるという異常事態なんか予測できるわけないでしょ。そんな理不尽《りふじん》な言葉を吐き出《だ》させる喉とか肺にはたーっぷりお仕置きをしないと」

ぐりぐりぐりぐりっ。

喉《のど》を締《し》めつける力が増し、弾みを受けて頭の両側で乳房《ちぶさ》がぼよんぼよん揺れる。

「死むっ！　死ぬっ！　本当に死ぬから！」

顔色が紫を通り越して青黒くなると、さすがに優《すぐる》も凱《まさる》を解放した。

ぜえはあと息を喘《あえ》がせ、床に崩れ伏す。

「……はぁ、はぁ……。理不尽《りふじん》はどっちだよ……」

「黙れ。あたしが白と言ったらお前の目に何《なに》が映っていようと白なの！　あたしに反論するなら、お前の舌なんぞいらん。引っこ抜くぞ」

げしっ！

ペディキュアを塗ったかたちよい足が、這《は》いつくばった凱の背中にストンピングの雨あられを降らせる。

「さて、と」

部屋に入った時の『アブない酔っぱらい』の顔に戻った優は、据《す》わった目つきで弐華《にけ》を睨《にら》みつけた。

「あんた。ここで見た事は一切、きれいさっぱり、完っ壁に忘れなさい。覚えていたら、命はないわよ」

「命はないって、脅《おど》す気？」

反射的に、弐華《にけ》は身構えた。

家族の事に口出《だ》しする気はないが、火の粉が我が身にまで降りかかるとなれば話は別だ。正義の味方としては、脅迫《きようはく》に屈するのもおとなしくやられるのも御免《ごめん》こうむる。

「うん。まず、凱《まさる》の命がない」

「は？」

「何《なん》でオレだよ！」

「お前はあたしのストレス解消のために存在してるからよ！」

何のためらいもなく、優《すぐる》は宣言した。

げしっ！

例によってキックが放たれる。

「……ああ。いっそ脚《あし》フェチのマゾヒストに生まれていれば、優姉《ねえ》の暴虐《ぼうぎやく》にだって耐えられたのに……」

ふと元木《もとき》の事を思い出し、そんな愚痴《ぐち》を呟《つぶや》いてしまう。

「大丈夫。今からそうなれ。ていうか、あんたがそうでなくてもあたしはあんたを被虐《ひぎやく》趣味者として扱うから安心して」

「安心できるかっ！」

仁王《におう》に踏《ふ》まれる天邪鬼《あまのじやく》のごとく。あるいは猛暑《もうしよ》の空の下、アスファルトで力つきたカエルのごとく。床に押しつけられたままで凱が嘆《なげ》く。

「わかってんでしょうね、凱。あたしは将来最低でもこの国の最高権力者になる。今タレントなんかやってんのは、そのための顔売りと人脈作りよ」

酔うたびに繰り返す話を、優は始めた。両腕を大きく広げて朗々と。まるでミュージカルの主役のように。

「だけど全国民、全人類を等しく慈《いつく》しみ、配慮するってのはとんでもなくストレスがかかる。どっかでそれを晴らさなきゃならない」

「つまり、それがオレの役目なんだろ?」

「あたしの言おうとしてる事を先回りするなっ!」

げしっ!

「さてと」

何発目なのか数えるのも嫌になるキックを入れた後、優は弐華へと視線を上げた。

「あたしとしては、凱以外の全人類を等しく愛するつもりだから、できればあなたに手荒な真似《まね》はしたくないけど。でも、秋月優《あきづきゆう》のスキャンダルとなると金を出す出版社も少なくないでしょうからね」

「見くびらないでよ。正義のためならともかく、お金なんかのために他人の秘密をぺらぺら喋《しゃべ》ったりしないわ」

「信じていいの？」

「あなたが、悪人じゃないならね」

弐華《にけ》が微笑《ほほえ》み、一瞬遅れて優《すぐる》も笑顔を返す。

テレビで見せているものの何倍も魅力的な、輝くような笑顔だった。

そのままがっちり握手。

ふたりの間で、何《なに》か通じ合うものがあった模様。

「悪人じゃないって、オレがこんな目に遭《あ》ってるのは無視か？　正義の味方さんは！」

当然、凱《まさる》にとっては不条理《ふじょうり》なオチであった。

「だってほら。家族の問題だし。そーいうのが秋月《あきづき》家の習慣なら外の人間が文句言うべきじゃないと思って。『メインディッシュは好きなアカエイ干し』ってことわざもあるじゃない。アンモニアの臭《にお》いがする魚でも、それが好きな人にはたまらないものなのよ」

「ひょっとして、それは『亭主の好きな赤烏帽子《えぼし》』って言いたいのか？　ちょっとくらい変わった趣味でも、一家の主《あるじ》の好みならまあ仕方ないねって意味で」

「そうとも言うわね」

「そうとしか言わないっ！　何《なん》でお前は比較的マイナーなことわざを、わざわざ間違えて覚えている？」

しかも意味は大筋では合っている。どこをどうすればこんな器用というか、絶妙な勘違いが可能なのだ。

「優ちゃん、あたしにいい考えがあるわっ！」

いきなり究《きわむ》が飛《と》びこんできた。

「口封じって、必ずしも殺したり脅《おど》したりする必要はないでしょ？　身内にしちゃうって方法もあるじゃない。弐華ちゃんがまーちゃんのお嫁さんになっちゃえば万事《ばんじ》ＯＫよっ！　今の掛け合いを聞いたでしょ？　このふたりは息もばっちり。夫婦漫才《めおとまんざい》でルミネtheよしもとにだって立てちゃうわっ！　たかたたーん、たかたたーん、ちゃーんちゃちゃーんちゃちゃっちゃ、ちゃんちゃんちゃりらりらん♪」

調子っぱずれのウェディングマーチ（作曲・メンデルスゾーン）を口ずさみながら、どこで用意したのか、首から下げた籠《かご》から香りよい花びらを振《ふ》りまく。左の手には、式場のパンフレットが何冊も握られていた。

「『夫婦漫才じゃないっ！』」

「ダメよ。凱には結婚なんかさせない。ずっとあたしが使う」

またしてもハモってしまったふたりの反論は、仁王《におう》立ちする優の宣言でかき消された。

「あんたがあたしのイライラを全部受け止めれば、国民には笑顔だけを向けられる。心労で政策判断を誤ったり、失言したりする事もない。いわば、国家繁栄や人類の福祉のための尊い犠牲《ぎせい》って事よ」

「……オレは十字架《じゅうじか》背負って全人類の罪を贖《あがな》った聖なるお兄《にい》さんかよ」

「まあ、あんたが死んだら『人類の幸福のために死んだ名もない男、ここに眠る』って書いた碑を建ててやるわ。アイスの棒じゃさすがに書ききれないから、カマボコの板という身に余《あま》る贅沢《ぜいたく》を許してあげる」

「それが贅沢かっ！　名前だってあるわっ！」

凱《まさる》の反論は、実に弱々しい。

「要するに、こういう家族をあたしに知られたくなかったんだ、キミは。それと、こういうお姉《ねえ》さんに囲まれて育ったから、女性不信っていうか、女嫌いになっちゃったと」

さすがの弐華《にけ》にも、おおよその事情は理解できた。

「えーと……。こういう時にイージーに『気持ちはわかる』とか言っちゃったらマズいんだろうけど……キミもいろいろ苦労してんだね」

「この程度で理解したと思うな」

ぼそりと、凱が呟《つぶや》いた。

「ただいまーっ！」

まるでタイミングを計ったかのように、玄関から元気のいい声とトタトタとリズミカルな足音が聞こえてきた。

「お兄、帰ってるの？　じゃあ、マッサージお願いっ！」

部屋に飛《と》びこんできたのは、髪を短めのツインテールに結わえた少女だ。持っていたスポーツバッグを放《ほう》り出《だ》し、さっきまで優《すぐる》が寝ていたソファに腰を下ろすと、ミニスカートの制服から脚《あし》を突き出す。

「ダメだよ、獲《える》ちゃん。今日はね。まーちゃんのガールフレンドが遊びに来てるんだから」

「ちょっと後にして。先にあたしが使う。まだツマミ作らせてない」

「えーっ？　カノジョ？」

座ったまま、獲と呼ばれた少女はつぶらな瞳《ひとみ》をさらに大きく見開く。

「彼女とかじゃない。ただのクラスメイトだ」

「ああ、よかった。お兄に恋人とかできたら、ボクが使う時間が減っちゃうもんね」

事もなげに少女——秋月《あきづき》獲は呟いた。

「姉ふたりだけじゃなかったの？」

弐華が訊《たず》ねる。

多分、妹だろう。優や究《きわむ》とはタイプの違う、溌剌《はつらつ》とした美少女だ。自らも鍛《きた》えている弐華の目には、しなやかな脚のラインの下に隠されている柔軟さと強靭《きょうじん》さを兼ね備えた筋肉が見て取れた。

「素人《しろうと》じゃないわね。かなり鍛えたアスリート。バランスからすると格闘技や球技じゃなさそうだけど、水泳？」

「えーっ？　ボクの事知らないの？　ちょっと残念～」

『水泳』という言葉に反応して少女が頬《ほお》を膨らませた顔を上げる。

「妹の獲《える》だよ。中学二年。一応、オリンピック代表候補って事になってる」

「ああ」

言われて、また弐華《にけ》は思い出《だ》した。

女子自由形で将来を嘱望《しょくぼう》されている中学生スイマーが、確か秋月《あきづき》という名字だった。

『エル』という名前はともかく、字が珍しいのは印象に残っている。

「落ちこむなぁ。さすがに優姉《すぐるねえ》には負けるけど、結構有名だって自信あったのにぃ」

「仕方ないだろ。まだ国内レベルだ。オリンピックや世界選手権で優勝でもしない限り、普通はアマチュアスポーツ選手の顔なんていちいち記憶しない」

「ちぇっ。せっかくこんな美少女なのに。ねー、お兄《にい》。早くマッサージして」

「お前、クラブに専業のトレーナーもいるだろ」

「だってぇ。あの人よりお兄の方が上手《じょうず》なんだもん」

「そりゃ、毎日やらされてりゃな」

凱《まさる》はげっそり気落ちしているのだが、獲の方は兄の表情には気づいていない風だった。

「それに、あたしがちゃんと人体生理学とかスポーツ医学とかの基本教えてあげたもんね。まーちゃんってば、覚えがいいからおねーちゃんとしては鍛《きた》え甲斐《がい》があったわ」

自慢《じまん》げに胸を張るのは究《きわむ》だ。

「先にあたしの酒とツマミだ」

「あ。だったら、ボクもマッサージ、後でいい。お兄が作ったご飯食べたいな」

「ふたりともダメだよ。ガールフレンドが来てるんだから、チャンスだよ。彼女に根ほり葉ほり訊《き》かないと。そうだ。達《いたる》も呼んで来よっか？　こうして全員揃《そろ》うのも久しぶりだし」

「あの娘《こ》は呼んだって部屋から出て来ないでしょ」

「でも、お兄の話題だよ？　きっと達姉《ねえ》も面白がるんじゃないかな？」

凱本人はもちろん、弐華の意見も立場も全《まった》く無視して三姉妹《しまい》の会話は続く。

ドンっ！

不意に響いた轟音《ごうおん》が、かしましい相談を断ち切った。

部屋の入り口に、新たな女の子が立っていた。

優、究、獲の三人とはムードがまるっきり違う。

不気味《ぶきみ》——というのはさすがに言いすぎだが、地味というのが弐華の率直《そっちょく》な感想だった。

小柄でジャージ姿。無造作に切っただけの前髪が長すぎて目元が半《なか》ば隠れている。顔の下半分だけでも、かわいい顔立ちなのは弐華にも窺《うかが》えるが。

「達？」

「達姉？」

優《すぐる》、獲《える》、究《きわむ》の順番でジャージ少女の名前を呼んだ。

「達《いたる》ちゃん？」

「……」

しかし、達の方は何《なに》も言わない。言葉にならない量の、わずかな息を吐いただけだ。

「何《なん》だよ。また用紙切れそうなのか？　明日、学校帰りに買ってくるんじゃダメか？」

「……」

「だって、もうこんな時間だし。今日が締《し》め切りじゃないなら明日まで待ってくれ。頼む」

達はやはり無言で首を振《ふ》ると、口の中でもごもごと息をかき混ぜる。

「わかった！　駅ビルの画材屋、あそこなら九時まで開いてるって言うんだろ？　買ってきてやる！　だけど、先にオレの用事を済《す》ませてからだ。わかるな？」

達の方は微《かす》かに首を縦に振ったり横に振ったり、小さく息を吐いたりするだけで何も喋《しゃべ》っていないようにしか弐華《にけ》には見えないのだが、普通に意思疎《そ》通《つう》できているらしい。

「達姉《ねえ》だけズルいよ。お兄《にい》はあたしが使うのにぃ」

「獲、お前こそ横入《よこはい》りだろーが。あたしが先だ、あたしが」

「もうっ！　みんな落ち着《つ》いてよ。せっかくまーちゃんの彼女が来てるんだから、ふたりにみっちり話を訊《き》かないと。達ちゃんにだって取材になるんだし」

「……」

言い合う優と獲の間に割って入った究の提案に、ほとんど視認できないくらい小さく首を左右に動かす。

「どっちにしろ、オレの意志は無視かよ！」

「当然だ。お前の意志などポテチ袋の内側にこびりついた油ほどの値打ちもないっ！」

「優姉《ねえ》、そんな言い方はないよ。お兄だって、ちゃんと使えばいっぱい役に立つんだから」

「まあまあ。コキ使ったりからかったりするのはいつでもできるじゃない。今日はせっかく彼女が来てるんだから、なれそめとか今後の予定とか、どこまでいったのかとか、そーいうのをたっぷり訊き出《だ》すのが先よっ！　まーちゃんってば、おとなしそうな顔してるけど、いつも優姉の下着姿とか見てるから、女性には免疫あるはずよね？　そんなまーちゃんが連れてきた彼女っ！　いったいどれほどのウルトラテク、エロ技の持ち主よっ？」

相変わらず勝手な事を言い合う三人に、無言でひたすら首をぶんぶん振る達。

「待て、みんな待てっ！」

ひときわ大きな声で、凱《まさる》が両腕を振り回す。

「さっき言った通り、こいつはただの同級生！　用事があって、オフクロに会わせなきゃならないから一緒に来ただけ！　さっさと済ませないと、オフクロにも迷惑だろ？」

「何？　おねーさんたちを飛《と》び越えて、いきなり親に紹介？　やっぱりそっち？　打掛《うちかけ》や白無垢《しろむく》もいいけど、この娘《こ》ははっきり顔でプロポーションもいいから、やっぱりウェディングドレスよねー。てーんたかてーんてーんたかてーん、てーんたかてーんたかてんてらつーた♪」

またもや究《きわむ》は舞い上がって、式場のパンフレットを次々に広げながら結婚行進曲（作曲・ワーグナー）を歌い出《だ》す。

「あたし、凱《まさる》は虐待するけど、小姑《こじゅうと》になって嫁いびりする気はないんだよなぁ。やっぱり結婚には反対だ」

「結婚とかしたらやっぱりこの家から出ちゃうの？　ボク、お兄《にい》がいないと困るよ」

「……（ぶんぶん）」

「だーっ！　みんな勝手な事言ってんじゃねえ！　とにかく、オフクロに用事だから！」

強引に弐華《にけ》の手を引き、凱は姉妹《しまい》たちから逃げ出すように居間を飛《と》び出した。

「……何《なん》というか……すごい家族ね」

「少しは理解したか？　アレに囲まれて育って、それでも女に幻想とか憧《あこが》れとか抱けるような奴《やつ》は、多分蟹工船《かにこうせん》や産業革命時代の炭坑《たんこう》に放《ほう》りこまれたって、これは神が与えたもうた素晴らしい試練でもうすぐ幸せがやってくると考えるだろうさ」

外面《そとづら》のいい人気タレントだけど家では傍若無人《ぼうじゃくぶじん》な酔っぱらいの長姉。

科学者、技術者としては一流らしいがお祭り好きでお調子者《ちょうしし》の次姉《じし》。

兄をコキ使う事を当然と思っているトップスイマーの妹。

確かに、かなりハードな家庭環境ではある。

「あ。こう言ったら何だけど、最後のひとり──達《いたる》さんだっけ？　彼女だけはちょっと毛色が違うっていうか……。よく話通じてるね？」

「まあ、きょうだいだしな。つーても家族の中でもあいつの言いたい事が全部わかるのはオレだけなんだが」

「お姉《ねえ》さん？　それとも妹？」

「一応は姉かな。学校行ってりゃオレと同じ二年生」

「あ……」

弐華は、思わず口元を押さえた。

ひょっとして、デリケートな話題に触れてしまったのか。

「ああ。言っとくが、お前が想像したような理由じゃない。仕事が忙しいし、今さら勉強する意味なんかあんまりないって理由で進学しなかっただけで」

「仕事？」

そう言えば、さっきもそういう話をしていたような。

「マンガ家だよ。『みづきいたる』ってペンネームで、連載二本抱えてる」

「えーっ！」

これも、心当たりがある名前だった。何《なに》しろ、作品がアニメやドラマになって現在絶賛オンエア中の売れっ子だ。

「……って、確かデビューしたばっかりとかじゃないし……中学時代からプロだったの？」

「ああ。本人があの性格だから、年齢とかのプロフィールは表《おもて》に出《だ》さないんだ。外に出るのも嫌がるから、買い物とか全部オレがやってんの」

ネット通販を利用すると『何《なに》を買ったか』の記録が一元的に向こうに残ってしまうのが気に入らないので、資料や研究用に必要な少女マンガや女の子向けファッション誌なども、凱《まさる》が使い走りさせられるのだ。

ついでに、アシスタントもほとんど雇わない。大概《たいがい》の場合ひとりで何《なん》とかしてしまうが、締《し》め切り間際で手が足りない時などは凱が手伝わされるのだ。

「……人は見かけによらない……って言ったら失礼かな」

弐華《にけ》も知っている『みづきいたる』作品はコミカルでファッショナブル、なおかつ心理描写やドラマはしっかりという印象だ。描《か》き手《て》と作品は同一じゃないのだろうが、ぼさぼさ頭でジャージ、無口な人が作者というのは、さすがにイメージが合わない。

「達《いたる》自身、自覚があるから表には出たがらないんだよ。さて……」

そんな話をしているうちに、三階からペントハウスへの階段を上りきる。正面には飾《かざ》り気《け》のない頑丈そうなドアとインターホン。

「母《かあ》さん、オレだ。ちょっと時間いいか？」

『構わないわ。入りなさい』

凱の素っ気《そけ》ない声に、さらに素っ気ない返答がスピーカーから戻ってくる。ロックが解除される音が小さく響いて、ドアが自動的に開いた。

「で、何の用だ？」

個人の部屋というよりはオフィスめいた部屋の奥。大型のパソコンデスクから座ったまま振《ふ》り返ったのは、鋭く、それでいて涼しげな視線を持った美女だった。

湯上がりなのだろう。髪はタオルに包まれ、上品な淡いブラウンのバスローブを羽織《はお》り、長い脚《あし》を組んだままでビジネスチェアに腰掛けている。

見た目は若く、普通に目にしただけなら三〇前後でも通用するだろう。だが、それは未熟な印象という意味ではない。むしろ細身の方なのに、圧倒的なほどの威厳《いげん》を自然にまとっている。

初対面の弐華でも瞬時に理解した。

彼女がニュームーンの創業社長。そして凱とあの姉妹《しまい》たちの母、秋月雅《あきづきみやび》だ。

「珍しいね。直接あたしに会わなきゃならない用事ってのは」

「サインをもらわなきゃならない事だからね。あ、先に紹介するよ。彼女は春日部《かすかべ》弐華。〈ヴィジランテ〉の同僚で、今は任務の都合《つごう》でパートナーになっている」

「ど、どうも」

傍若無人《ぼうじやくぶじん》な弐華《にけ》さえ、雅《みやび》から放たれるオーラのようなものに気圧《けお》されてしまう。

いや、この威圧感を敏感に感じ取れるあたりがむしろ弐華のすごさなのか。

「なるほどね。ま、確かに事情もわからないで署名《しよめい》とかできないね。説明しなさい」

何《なに》しろサインひとつで軽く数億の金を動かす立場だ。雅は凱《まさる》を促し、事情を喋《しやべ》らせた。

慣れたもので、凱の方も簡潔かつ明瞭《めいりよう》に必要なデータを語り、カードを提示する。

「……ふん。ま、なかなか面白そうな学校だけど、凱は楽しんでる余裕とかないだろうね」

さらさらとサインをし、〈公認恋人〉のカードを凱へと突き返す。

「今日でよかったよ。明後日《あさって》から、しばらく外国だからね」

「今度は、どこ?」

「西アフリカを五か国ぐらい回ってくる。候補地が多くてね」

「ん、わかった。じゃ、気をつけてよ」

「毎度の事だ。凱こそ、任務しっかりやれよ」

「あ、ありがとうございましたっ!」

母子《おやこ》の会話を聞いていた弐華もぺこりとお辞儀《じぎ》をして、ペントハウスを辞《じ》した。

第五章　この親にしてこの子ありパート２

外には、涼しい夜風が吹いていた。

凱は達《いたる》のための買い物で、帰る弐華に自然と同行する事になる。方角が同じなのに、わざわざタイミングをズラすのも、かえって意識しているみたいで落ち着《つ》かない。

駅行きのバスが少ない時間帯なので、ふたり並んで夜道を歩く事になる。

「シルバーがいたら、電車使わなくても帰れる距離だけどね」

「頼むからやめてくれ。我が家は、ただでさえ注目浴《あ》びるんだ。この上、変な評判を重ねたくない」

秋月家《あきづき》と、弐華の住まいがあるはずの如月台《きさらぎだい》は私鉄でひと駅しか離れていない。自転車で楽々移動できる程度だ。もちろん、馬でもＯＫ。人目とか世間体《せけんてい》さえ気にしなければ。

「それにしても……」

不意に、弐華が微笑《ほほえ》んだ。いや、ほくそ笑んだという方が適切な表情だ。

「キミ、母親の事をオフクロって呼んでるんだ？」

「……悪いかよ？」

「ううん。そうじゃなくて、オトコノコだなーって思ってさ」

「いいだろ、別に！」

 凱の頬が、微かに火照る。恥ずかしくて弐華の方を見られない。「ママ」とか「お母《かあ》さん」とはもちろん言えないが、この呼び方は自分でもちょっと不自然というか背伸びというか、ぎこちない感じはしてるのだ。

「ところでさっきの話。アフリカって言ってたけど、ランジェリーメーカーの社長さんって仕事でそういうところにも行くんだ?」

弐華は何気なく訊《たず》ねた。ランジェリーや化粧品を扱う会社の経営者と、西アフリカというのが彼女の頭の中では上手《うま》く結びつかない。

「ああ、違う違う。仕事の件もちょっとはあるけど、オフクロの道楽だ。向こうに病院とか建ててるんだよ」

外国に診療所や学校を造るのが雅《みやび》の趣味だ。もちろん、不要なところに建てるのは無駄《むだ》だし、造ってすぐに戦火で壊れたり消耗品《しょうもうひん》の供給が滞《とどこお》っても意味がない。金だけ出《だ》して現場任せにすると、現地の政治家や業者の小遣い稼ぎに利用されるだけになる危険もある。

「そういう理由で、極力自分の目で視察して、必要な人間と顔を合わせるんだそうだ」

中南米、アジア、アフリカ、東欧——日本ではあまり知られていないが、既に世界各地に彼女の名を冠した学校や病院がいくつかある。

「お母さん、立派な人なんだね」

「本人は、趣味の売名行為だって言ってる」

苦笑する凱だって、雅の言葉を額面通り受け止めているわけでもない。まるっきり無私《むし》で正義に生きているだけでもないし、虚栄心が一〇〇パーセントでもないという事だろう。女で、美人で、成り上がり。何《なに》をやってもやっかまれる立場だし、浪費《ろうひ》型の贅沢《ぜいたく》にはさほど魅力を感じない。成功者としての名声なんて、次々に新しい話題に塗り替《か》えられる。だったら長く残る形で、関《かか》わった人間が感謝とともに自分の名前を思い出すようにした方が楽しい。あるいは、その時には意味がわからなくても後から関心を持って調べて感動してくれた方が。

「新法《しんぽう》以降の日本はちょっと変だけど、普通は母校なんていくつもあるモンじゃないし、一生忘れないからな」

「まー、確かにね。すごいお母さんだわ。あのお母さんと姉妹《しまい》じゃ、そりゃ他人に知られたくないのも当然よね」

感心した口調で、にんまりと笑う。

「……頼むから、口外《こうがい》しないでくれよ。家族の事は、奈々佳《ななか》会長は知ってるけど、君貴《きみたか》とかは知らない事なんだ！」

「大丈夫。誰《だれ》にでも話しちゃったら、あたしが知ってる旨《うま》みがなくなっちゃうじゃない」

「お前なぁ！」

「冗談だってば。そういうのって、正義じゃないしカッコ悪いもん」

がっくり肩を落とし、それでも凱《まさる》は一応安心する。

この女は、他人の秘密をネタにこちゃこちゃやるようなタイプじゃないし、自分が口にする『正義』とか『カッコよさ』に背《そむ》くような真似《まね》はしない。その意味では信頼できる。

「秘密多いと大変だよねー。〈ヴィジランテ〉の事も、母親には話してるけど、お姉《ねえ》さんたちには内緒なんだ？」

「……気づいてたか」

「当然。だってあたしとの関係、はっきり言えば早いのにちゃんと説明しなかったし」

「……言いふらすような事じゃない。オレはお前みたいに、自分から正義の味方とか宣伝してるような人間と違う。普通のデリカシーがあるんだよ」

「正しい事してるんだから、照れる必要とかないのに」

「お前にはわかんねえよ」

つい本音がこぼれて、顔を背ける。

家族全員が一種の超人というか怪物だ。その中に囲まれた凱は、自分には何《なに》ができるのか、何がやりたいのか未《いま》だにわからないままの凡人に過ぎない。例えば、今日の授業で学んだダンスのステップもそうだ。飲みこみや物覚えはいい方だから、ちょっと練習すれば人並み程度にはすぐに到達する。

しかし、そこまでだ。

他人の一〇分の一の時間で半人前、半分の時間で一人前にはなれても、一流には届かない。何《なん》でも小器用《こぎよう》にこなせるのも災いして、自分の道が見つからない。

〈ヴィジランテ〉の任務にやりがいは感じているし、器用貧乏《きようびんぼう》な自分の素質を活《い》かせる行為だとも思うが、どうしても我が道を邁進《まいしん》している姉たちや妹に比べると、一歩引け目を感じてしまうのだ。

「キミんとこの家族、名前からしてすごいよね。あれも全部母親の趣味？」

「まあな」

そんな凱の気持ちなど知るはずもなく、弐華《にけ》は家族の話題を続ける。

優《すぐる》、究《きわむ》、達《いたる》、獲《える》、そして凱。全部が全部かなり「強い」字で、しかもある状態を示す形容詞ではなく、動詞になっている。

『何かである』事ではなく『何かをする』事を要求する家風。

「会社もニュームーンだろ？　秋月《あきづき》だったら十五夜《じゅうごや》で、普通ならフルムーンとかにするところを『今が最高ってのより、これからどんどん明るくなっていく名前の方がいい』って理由で新月にしたんだとよ」

「キミ、母親の事、好きなんだ？」

弐華がいたずらっぽく笑う。実際、母の事を語る凱の口調は自然と弾んでしまう。

「人間として尊敬はしてるよ」

姉妹《しまい》たちほどの突出《とっしゅつ》した才能はない。それでも、凱《まさる》は母がそうしているように、自分が何《なに》かを成したという証《あかし》を残したい。自分にしかできない事をやり遂げたい。そんな気持ちがあったから、奈々佳《ななか》に誘われた時に〈ヴィジランテ〉の役目も引き受けた。

「だけど女嫌い？」

「幻想を抱く気がないだけだ」

母の雅《みやび》だけではない。姉妹たちだって凱は嫌悪《けんお》しているわけではない。ただ、生まれてからずーっと身の回りにあのレベルがいて、蹴《け》られたり、からかわれたり、コキ使われたりしていると、どうしても物の見方は影響を受けてしまう。

美人だとか、かわいいとか、巨乳だとか、脚《あし》がきれいとか、頭がいいとか、スポーツが得意だとか。そういう理由で女の子を好きになる連中を哀れにさえ思う。

そんなのは、凱の日常にはあり余《あま》っていた。ただ『性格がいい』というのは未《いま》だに遭遇《そうぐう》していない。『いい性格してる』のはたんまり知っているが。

『優しい女の子』というのは、凱にとってはチュパカブラやスカイフィッシュにも匹敵《ひってき》する未確認生物である。

「ウチの家族だけじゃない。小学校中学校、そういう女にはたくさん出会ってきたな。〈キャビネット〉の上司はあの奈々佳会長だし」

「まあ、確かにあの人も腹黒いっていうか、裏表《うらおもて》あるっぽいけどね。あ、それじゃつまりあたしも性格悪いって言うの？　正義の味方なのに？」

「お前は……まあ、頭が悪い」

「何よ、それ」

「それから趣味も悪いな。いきなり白馬と白いギターとか」

「あれはカッコいいでしょ！」

弐華《にけ》はぷぅと頬《ほお》を膨らませた。

凱だって、本気で言っているわけではない。センスの珍妙さはまあ、弁護の余地はないけれど、むしろ頭の回転は速いと評価していい。

「それなのに、芝居《しばい》は全然できないんだよな、お前」

「……そ、それは……キミだって嫌がってるでしょ！」

「オレは嫌々でもちゃんとこなしてる。お前みたいな棒読みじゃない」

「あー……」

清恋《せいれん》高校にいるとアレルギーが出そうなのは同じだが、根っこの部分は大きく違う。凱が女性嫌いなのに対して、弐華は恋愛そのものを嫌悪しているのだ。

「……ったく、どうしてそうなのかね。オレが言えた義理じゃないが」

「だって、恥ずかしいじゃない！」

「例えば、ああいうのが？」

気がつくと、いつの間にかふたりは駅前の商店街に差しかかっていた。

夜とは言っても、まだ宵《よい》の口の時間帯だ。新興のベッドタウンでも、駅前の繁華街はまだまだ明るい。凱《まさる》が顎《あご》で指し示したのは、オープンして間もないホテルの前庭に作られたセミオープンのカフェバーだった。

トロピカルカクテルか、それともソフトドリンクか。白いテーブルを挟んだカップルが大きなバブルグラスに二本のストローを差して顔を寄せている。おでこをつついたり、指を絡めたり――傍《はた》で見てる方の体温が上がってしまいそうな熱愛ぶりである。

しかも、目立つ。

異様に目立つカップルだった。

白い肌に映《は》える純白のワンピースを着た女性の方は、一見《いっけん》すると年齢がわかりにくい。無難な線を取ると二〇歳を少し過ぎたくらいだろうか。ただ、端正なのに幼さが残る顔立ちは嬉《うれ》しさ丸出《だ》しの表情もあって、プラスマイナスで五歳くらいの幅は取れそうだ。

そして、男はあまりにも不釣り合いだった。かわいらしい女性にも、二本のストローで同じグラスからドリンクを飲むというシチュエーションにも。

座っているから正確な判断は難しいが、身長は二メートル近いだろうか。腕や肩はもちろん、首筋まで筋肉が盛り上がっている。樫《かし》の塊《かたまり》をノミ一本でラフに彫ったような顔は、ごわごわしたヒゲで覆《おお》われている。凱が抱いた率直《そっちょく》な第一印象は、遺伝子の何割かはグリズリーかゴリラという風貌《ふうぼう》だ。

それがものすごーく緩んだ顔で、年齢不詳の美女だか美少女だかと、駅前通りに面したカフェでイチャイチャしているのだ。

目立たないはずがない。

「確かに、ああいうのは見てても恥ずかしいよな」

「そ、そうだね、ウン」

「あの男、こういうところで甘そうなドリンク飲んでるよりも、豪快に焼酎《しょうちゅう》かバーボンでもラッパ飲みしてる方が似合いそうだよな。いや、むしろ現代よりも戦国時代。いっそ古代ローマや三国志時代の中国で一騎当千《いっきとうせん》の豪傑《ごうけつ》として暴れ回ってる方がキャラに合ってる」

「そ、そうそう。多分、そんな感じ。似合わないよねーっ！」

あまりに男の印象が強いせいで、凱もつい口の滑《すべ》りがよくなってしまう。弐華《にけ》の方はいちゃつきを見るのがプレッシャーなのか、大げさに顔を逸《そ》らして言葉も上擦《うわず》っている。

奈々佳《ななか》に尽くしたがる君貴《きみたか》や、清恋《せいれん》で見る何組もの恋人どうしはまだ見慣れているというか見飽きているが、あそこはいわば「それが当たり前の場所」だ。ちょっとくらいいちゃついても、まあ周囲の雰囲気にはマッチしている。だが、さすがにここまでインパクトが強くて場違いな取り合わせだと、恋愛そのものが恥ずかしいと考える弐華《にけ》の主張もわからないでもない。

「美女と野獣というか……。パターンとしては無骨《ぶこつ》な男が、見た目だけはかわいい女に騙《だま》されているとか、そういう路線だろうな。オレの経験から言って」

「そ、それは違うんじゃないかな、多分。ほら、キミは買い物あるんでしょ。早くしないとお店閉まっちゃうでしょ！」

いきなり弐華が凱《まさる》の手をつかみ、強引に引っ張る。

「お、おいっ！」

確かに用事はあるが、画材店が閉まるまでにはまだ余裕がある。いきなり弐華が焦る理由がわからない。

「あ、弐華ちゃーん」

不意の重低音で、弐華の足が止まる。

硬直した弐華に手を握られたまま、凱がゆっくりと振《ふ》り返る。

さっきの豪傑《ごうけつ》マンと美少女が、目を細めて手を振っていた。

「……知り合いか？」

「し、知らないっ！　あんな人たち知りませんっ！　縁《えん》もゆかりもないっていうか、他人のそら似ってていうかっ！」

「お前の名前、呼んでただろ」

何《なに》しろ弐華なんて珍しい名前だ。偶然の一致はまずありえない。

「弐華ちゃん、どうしたの？　彼氏ができたら、ちゃんとパパに話しなさいって言ってたでしょ？」

いつの間に席を立ったのか、現代に甦《よみがえ》った豪傑は大きな手をポンと弐華の肩に置いた。やはり身長は二メートルはある。

野太い声とは不釣り合いの、甘く優しい口調だった。

「パパ……？」

「そうよ。あたしのパパとママ！」

観念したのか、弐華が叫ぶ。

「どうも。弐華のボーイフレンドだね？　弐華の父の、春日部哲大《かすかべてつひろ》です。向こうはマイ・ハニーのベティ」

「ど、どうも……」

巨体を屈《かが》めるように挨拶《あいさつ》する哲大に、凱も会釈《えしやく》を返した。

あまりのインパクトに、ボーイフレンドを否定するのを忘れた。

「ベティって……」

「ママは日系アメリカ人なの」

「……にしても、若いな」

「あはははははっ！　ま、今の弐華《にけ》の歳《とし》には結婚してたからな」

ようやく風貌《ふうぼう》に見合った調子で、哲大《てつひろ》が豪快に笑った。

と、いう事はベティは三二、三歳という事か。ヘタをすれば、弐華とは姉妹《しまい》でも通じそうな雰囲気だが。顔立ちもどことなく似ているから、実の母娘《おやこ》というのも確かなのだろう。

「ダーリン～、早く戻ってきて～」

子供っぽく、ちょっと巻き舌のシュガーボイスがダーリン――哲大を呼ぶ。

「ダーリンが隣にいないと、ベティ寂しくて死んじゃう～☆」

訂正――凱《まさる》は一度下した評価を改めた。

両の拳《こぶし》を口元に揃《そろ》えて小さく身体《からだ》を振《ふ》るベティは、姉妹だとしても弐華の方が姉に見える。弐華だって、決して落ち着《つ》いた人間じゃない――というか明らかにバカの側なのに。

「うーん。ごめんね、ハニー☆」

巨体に似合わぬ静かで軽やかな足取りで、ほとんど足音さえ立てずに哲大がカフェのテーブルに戻っていく。

「もうっ！　ダーリン、ベティの事置いてっちゃやーよ☆」

にっこり笑って、人差し指で額をちょん。

「大丈夫だよ～。ボクがハニーの事をひとりにするはずなんてないじゃないか～☆」

グローブみたいな両手が、小さな手を包みこむ。

「でもでもぉ。さっき五秒も離れてたじゃない☆」

「だからごめんってばぁ。そうだ。お詫《わ》びに、明日の朝食はボクが作ってあげるよ。いつものアメリカンスタイル？　それとも久しぶりに和食がいいかな？」

「だーめっ☆　だって、あたしが先に起きて朝ご飯作って、ダーリンを起こすのが嬉《うれ》しいんだも～ん☆」

「もうっ、ハニーってば～☆」

「ダーリンこそぉ～☆」

凱《まさる》はもちろん、往来を歩く人々もただ呆然《ぼうぜん》と会話するふたりを眺めていた。

何《なん》なのだ。この桃色異次元《いじげん》空間は？

常識が通じにくいのはもう慣れっこだったが、こういうシチュエーションにはさすがに免疫が乏《とぼ》しい。

弐華《にけ》だけがひとり、真っ赤な顔を伏せていた。

白馬や白いギターは平気でも、さすがにこれには耐えられないらしい。

不意に、ダーリン＆ハニーの顔がこちらへ向いた。

極めて不吉な予感が、稲妻《いなずま》のごとく凱の脳裏に閃《ひらめ》く。

ひょっとしたら、あの席に招かれて弐華の恋人扱いでいろいろ根ほり葉ほり訊《き》かれるのではないだろうか。

だが――。

「じゃ、パパとママは楽しいデートの最中だから、弐華ちゃんも彼氏と仲良くね～☆」

手を振《ふ》るベティの言葉は、凱の言葉の斜《なな》め上というか斜め下というか、ストライクゾーンに砲丸というか。とにかく想像を絶するコースだった。

「彼氏じゃないもんっ！　あたしは、パパとママみたいに恥ずかしい事はしないのっ！」

「だってお前、さっきからずーっと手を握ってるだろ？」

哲大《てつひろ》に言われて、弐華が慌てて手を解《ほど》く。

「こ、これはそーいうんじゃないのっ！　とにかくこの場から離れたくって……！」

「いいのいいの。やっと弐華ちゃんにも幸せが来たのね」

「ダブルデートってのもいいかもな。あ、今日はダメだぞ。そっちの都合《つごう》も考えると、いつがいいかな？」

哲大とベティが目立つせいもあって、道行く人がちらちらとこっちに視線を送ってくる。

弐華はもう真っ赤になってるし、凱だってさすがに落ち着《つ》かない。

「だからっ！　彼とはそーいうのじゃないのっ！　あたしは恋なんて恥ずかしくてカッコ悪い事はしないんだから！」

「あ。ちょっと待って」

頭から湯気を出《だ》しそうな勢いで急いで立ち去ろうとする弐華《にけ》を、ハニーことベティが呼び止める。

「これ新作ね。前のよりパワーアップしてるから」

投げ渡されたのは、インイヤフォン付きのデジタルオーディオプレイヤーだ。

「ん。サンクス」

それをポケットにしまうと代わりに同型のものを投げ返し、今度こそ凱《まさる》の手を引いてその場を離れた。

「……さっきの言葉、そのままお前に返すよ」

駅ビルの中に入ると同時に、凱はため息混じりに呟《つぶや》いた。

「さっきのって?」

「簡単に理解したとか言うつもりはないが、お前も苦労してるんだな」

これなら、他人を会わせたくないのも当然だ。コイントスの際に、彼女らしからぬズルをしてまで避《さ》けようとしたのもやむを得ないか。

「頼むから! パパとママの事は誰《だれ》にも言わないでよ!」

「言う気はないし、お前が言いたくないなら、根ほり葉ほり訊《き》くつもりもねぇよ」

「あ、ありがと……。キミもやっぱり正義の味方なんだね」

「悪人のつもりはないが、その言い方も御免《ごめん》こうむるがな。良識とか分別とかならまあ受け入れられるが、仰々しく正義なんて言われると胡散臭《うさんくさ》い上にこそばゆい」

凱自身、家族の話題には触れられたくないのだ。自分が嫌な事は他人にもやらない程度の思いやりはある。

それに、いちいち訊《たず》ねなくても判断できる材料はいくつもある。

第一に弐華が使う体術は、恐らく父親譲りだという事。

まず、体格や筋肉の付き方が並外れている。ボディビルダーの見せるためだけの筋肉ではなく、高い実用性を持つしなやかで強靱《きょうじん》な身体《からだ》だ。カフェの席を離れ、また戻る時の足運びは、単に体力任せのパワーファイターのものではない。体格から想定できる一〇〇キロ超の体重には似合わない、軽快どころか重さがないかのごときステップ。

仕草の端々《はしばし》から複数の格闘技を修《おさ》めている事が窺《うかが》えるが、かといって空手が基本とも柔道がメインとも言い難い。凱の知識の中にはない奇妙な動き。

つまり、弐華と共通した体捌《さば》きという事だ。

そしてベティの方も単に夫といちゃいちゃするだけの既婚《きこん》バカップルの片割れではない。彼女が弐華に渡したプレイヤーは、恐らく携帯電話と同じだ。見た目通りの品物ではなく、何《なに》かのギミックを仕込んでいる。つまり、弐華が使っているアイテムの作者が母親という事だ。

さらに言えば、弐華がやっている『正義の味方』は両親の推奨《すいしょう》――少なくとも容認の上の行動という事にもなる。

「ご、誤解しないでほしいんだけど……」

弐華《にけ》は、微妙に視線を泳がせる。

「別にパパとママが嫌いってわけじゃないんだよ。だけど、アレだけはダメなのっ！　物心ついてからずーっと、アレを見せられてるんだよ！」

「……ずーっと？　休みなく？」

弐華が無言で頷《うなず》く。

てっきりどこかのタイミングで恥ずかしさが再燃したパターンかと思っていたのだが、まさか一六年間、新婚気分の全力運転が継続しているのか。

「よくもまあ……それでちゃんと仕事とか子育てとかできたもんだな。ある意味で尊敬には値するな」

「そう！　それなの！」

「何《なに》が？」

「だから、他《ほか》の面では本当に尊敬できるわけ！　ちゃんと育ててくれたし、仕事だってちゃんとやってる。それなのにアレだけはあの調子なの！」

指示語ばっかりだが、確かに具体的に描写したくない気持ちというのもわかる。

「……子供としてはね、もういろいろ気苦労も多いんだよ、ホント」

凱《まさる》も頷くしかない。

認めたくはないが、多分自分と弐華は似た者どうしなのだ。

家族が変人だと、反動で子供は平凡を愛し、必要以上に凡人を目指すようになるという話は聞く。だが、凱も弐華もどんなにひいき目に見たって凡庸《ぼんよう》な人間ではないし、ありふれて目立たない事を美徳にしているわけでもない。平凡がいいなら、〈ヴィジランテ〉なんて志願しない。

身近な変人の凄《すご》さや偉《えら》さも実感できてしまうから、反発しながらも何か自分なりの『特別』を目指し、実行しようとしてしまうのだ。

たとえ、自分には他の家族ほどの才能なんてない事が、身に染みてわかっていても、だ。

「ま、とにかく！」

弐華が拳《こぶし》を固める。

「あーいう恥ずかしい真似《まね》から脱出するためにも、さっさと悪い奴《やつ》をぶっ飛《と》ばして任務を終わらせよう！」

「だから、悪い奴ぶっ飛ばす前に、本当に悪人がいるのか、いるとしたら誰《だれ》なのかを調べなきゃならないんだろーが」

訂正——恐らく弐華は、そこまで考えてない。彼女が両親とは異なる独自路線で変人なのは、多分天然だ。

それでも、さっさと清恋《せいれん》の一件を解決したいというのには同感だったが。

第六章　楽しい楽しい初デート（流血死闘編）

次の日の放課後。

凱《まさる》と弐華《にけ》は晴れて『校内デートコース』利用の運びとなった。フェンスに囲まれ、唯一開いているゲートの前で、ふたりは立ち尽くしている。

「……この門をくぐる者、一切の希望を捨てよ、って気分だ……」

「ダンテの『神曲』？」

「杉沢村とか言わないあたりは褒めてやるよ」

「何《なに》、それ？」

「何年か前に話題になった割と有名な都市伝説だ。知らないのか？」

凄惨《せいさん》な殺人事件が原因で無人になった村が青森に存在し、現在は呪《のろ》われた心霊スポットになっているというものだ。そこへ向かう道の途中には『この先に進むものは死を覚悟せよ』というような看板が出ているとか何《なん》とか。

もっとも実態はまるっきり事実無根。テレビ局が怪奇ネタのためにありふれた廃村と他《ほか》のフィクションや事件をつぎはぎしたでっち上げと呼ぶべきものだ。

「あたし、その頃《ころ》はアメリカだったし」

「あー、なるほどな」

杉沢村や『神曲』はともかく、確かに凱《まさる》たちの足取りは地獄や死者の村に向かうかのごとくに重い。任務のためにはこの中を調査しなければならない。そのために昨日は恥《はじ》を忍んで弐華《にけ》を我が家に連れて行った。

それなのに、いざ入るとなると足がすくんでしまう。

そんな凱と弐華の側《わき》を、手をつないだり腕を組んだりしたふたり連れが、何組も通り過ぎていく。

「とりあえず状況と目的を再確認するぞ」

「うん」

凱の言葉に、弐華が頷《うなず》く。

「オレたちがやらなきゃならないのは、このフェンスの内側に入って、清恋《せいれん》高校にあるかも知れない『何《なん》らかのトラブル』『不正』の実態を調べる事だ。そのために必要な手続きも済《す》ませた」

「うん」

「だが問題は、この中は単にふたり連れで入るってだけじゃなく――その、つまり、デートコースだって事だ」

「……あたしたち、えーと……その……らぶらぶなバカップルって設定なんだよね？」

「そうだ」

「……つまり、あの中でずーっとそういう芝居《しばい》しなきゃダメって事になるんだよね？」

「ああ。クラスメイトに出会った時に不自然だとマズいからな」

「……今からでも、設定変えられないかな？」

「無理だな」

「キミ、それで平気なの？」

「平気じゃないが、やらなきゃならないだろ」

「う〰〰」

「いいじゃないか。ちょうどいいサンプルというか、お手本だってあるんだし。アレを真似《まね》すれば何とかなる」

「やーめーてーっ！」

それなりに善意と良識のヒトを自認している凱だが、この期《ご》に及んでまだ二の足を踏《ふ》んでいる弐華を見ると、ちょっと意地悪も言いたくなる。

女嫌いの凱にとっては、芝居だ仕事だと割り切ってしまえば済むだけの話だ。だけど弐華は恋愛の恥ずかしさを何《なに》よりも苦手としている。気が進まないのも当然だろうが、昨日『さっさと解決する』とか意気込んでいたのは彼女自身なのだし。

「あれ？　秋月《あきづき》くん」

膠着状態《こうちゃく》を続けていると、野口《のぐち》が通りかかった。もちろん、彼女連れで。

「よ、よう！」

弐華《にけ》相手には強気に出てるくせに、凱《まさる》の返事もやっぱりちょっとぎこちない。

「そっか。〈公認恋人〉だもんね。ここも利用できるんだ。よかったら一緒にどう？　ダブルデートって事でさ」

清恋《せいれん》の教育方針において、恋とは当事者ふたりだけの問題ではなく、社交性《しゃこう》やコミュニケーションに関《かか》わる重要なテーマとされている。校内コースの『先輩』である野口にとっては、凱と弐華を先導するのは、期待されるマナーのひとつというわけだ。

頭の中で天秤《てんびん》が傾いていく。

右の皿には『一緒に行動して、必要以上にイチャイチャしなければならない恥ずかしさ』。

左の皿には『慣れている人間に教えてもらって、効率のいい情報収集』。

ぐぐっと、急激に左が下がった。

「そうだな。頼むよ、野口。弐華も、いいだろ？」

「え？　ちょっと！」

ぐいっと弐華の肩を抱き寄せて、耳元に囁《ささや》く。

（どうせ人目を気にして芝居《しばい》しなきゃならないのは一緒なんだ。だったら、効率優先！）

（そ、それもそうね……っ！）

最小限の小声と視線だけで意思疎通《そつう》し、弐華も微妙に引きつった笑顔で頷《うなず》く。

「じゃ、行こうよ」

彼女——ヒナの手を引く野口に続いて、凱たちも腕を組んだまま〈公認恋人〉のＩＤカードでチェックを受けてゲートをくぐった。

塀《へい》には囲まれていても、中は普通のショッピングモールのような造りだ。

中央には噴水を備えた公園があり、周囲をさまざまな店が取り囲んでいる。ゲームセンター、カラオケハウス。ブティックに雑貨屋。映画館は建物の中に小規模なスクリーンを複数備えたシネコン形式らしい。上映しているのは、ほとんどがメジャーなラブストーリー。ファストフード店が数件あるほか、イタリアンやフレンチのレストランもある。

「わっ！　懐《なつ》かし〜！」

「待てよ。野口たちにガイドしてもらうんだろ」

嬉《うれ》しそうな声を上げ、ハンバーガーショップにダッシュしそうな弐華を、凱は押しとどめた。アメリカでは中堅どころだが、日本国内にはほとんど進出していないチェーンの店を見つけたのだ。

「秋月《あきづき》くん、まずこれをチェックしなきゃ」

野口が手にしたのは、一冊の情報誌だった。薄く、マガジンというよりはパンフレットという程度だが、表紙のレイアウトなどは「いかにも」な雰囲気で『今週の見どころスポット』だの『彼女が喜ぶおすすめアイテム』なんて文字が並んでいる。

「ほら。無料だから凱《まさる》くんたちも。ちょうど今日、新しい号が出てるんだ」

見ると、ゲートを入ってすぐのところに無料情報誌のスタンドが設置されていた。

「へー、こういうのあるって知らなかったよ。な、弐華《にけ》」

「う、うん。そーだねっ☆」

もう、どうしようもないいくらいぎこちない態度で、それでも肩を寄せながら、一冊の情報誌をふたりで支えてぱらぱらとページをめくってみる。

中も本格的だった。各店の写真も多用されていて、ほとんどのページがフルカラー。レイアウトも見やすい。駅などで配られているフリーペーパーやフリーマガジンよりもグレードは上だ。

「中に入らないともらえないからね」

野口《のぐち》の声を聞き流しながら、凱は奥付《おくづけ》をチェックする。編集や印刷は外部の業者となっている。校内で生徒が行っているわけではないようだ。

「ねー、ヒロくん。ココなんてどうかな？」

ヒナが指差したページはイタリアンレストラン——というよりはパスタハウス——を紹介していた。やはり中規模チェーンの支店で、日替わりメニューが女の子に人気という触れ込み。普通ならランチメニューになるところだが、ここは校内の設備だ。特別なイベントを別にすれば営業しているのは放課後から夜九時までという限られた時間である。

凱たちには特にビジョンはない。というか、自分たちでチェックするだけでなく、野口とヒナという『清恋《せいれん》高校の、普通の生徒』の行動サンプルを観察する方が有効だ。

だが、行ってみると店の前には行列ができていた。サインボードの表示を信じるなら、一時間半待ちという事らしい。

「どうする。オレは、他《ほか》の店でもいいけど。な、弐華？」

「う、うんっ！　そーだね。あたしも、まままま、まーくんの意見に賛成☆」

ギシギシきしんだ笑顔で、弐華が相槌《あいづち》を打つ。演技力は低くても、ちゃんと演技する意志だけはあるのだ。仕事だから。

「えー、やだー。あたし、ここがいい。だって、巻頭おすすめスポットだよ？　期間限定メニューだよ？　逃したらもったいないよ！」

「って、事で。秋月《あきづき》くんたちもつきあってくれる？　一緒だと退屈しないだろうし」

ヒナのわがままに野口が折れて、結局凱と弐華もつきあう事になった。

待っている間にも、どんどん後ろに列が延びていく。みんな、手には例の情報誌だ。

「ね？　秋月先輩と春日部《かすかべ》先輩って、本当につきあってるんですかぁ？」

「え？」

列が半分ほどになった頃《ころ》だろうか。いきなりヒナが訊《たず》ねてきた。

「も、もちろんつきあってるよ！　そーじゃなきゃ、ここに入れないんだし。うん、そーだよね、まーくんっ☆」

あたふたと両手で空気をかき混ぜながら、弐華《にけ》が答える。

「でもぉ。何《なん》だか他人行儀っていうかぁ……。一緒にいるのに何だかよそよそしいし」

ぎくっ！

「そそそそ、そんな事ないよね、まーくんっ」

露骨《ろこつ》にうろたえる弐華とは違い、凱《まさる》は動揺《どうよう》が顔に出ないように注意しながら、素早く周囲に視線を走らせる。

当然ではあるが、周りは全部カップル。しかも清恋《せいれん》の校是《こうぜ》として、恋愛はオープンにするのが好ましい。

と、いうわけで、どいつもこいつも手をつないだり、肩を組んだり、腰に手を回したり。パートナーとの距離が拳《こぶし》ふたつ分も離れている凱と弐華は、このフェンスの内側ではありえざる異端者、異常者だった。

「教室じゃあんなに仲よかったのに？」

野口《のぐち》も、どこか疑わしげな視線を向けてくる。

「そそそ、そそそそ、そんな事ないんだってばっ！」

壊れたエンジンみたいに震えながら弐華が手を伸ばしてくるが、今さら指を絡めたところで白々《しらじら》しいだけだ。

「あんなのだと、納得するんですけどぉ」

明らかに面白がった口調でヒナが視線を送った先には、行列の後方で抱き合い、キスをしている姿があった。

周囲の人間は、特に気にしている気配《けはい》もない。

清恋では、当たり前の光景なのである。

「き、き、き、キス？　人前でちゅーっ？　そんな恥ずかしい事をっ？」

「勘弁してくれよ。恋をするのは清恋の方針だけど、他人の目をはばからないのはマナー違反だろ？」

真っ赤になる弐華と、何とか受け流そうとする凱。

「ま、そうだけど、ほっぺたくらいならいいでしょ？」

とか言いながら、野口がヒナの頬《ほお》に軽く口唇《くちびる》を触れさせる。ヒナが「きゃんっ☆」と小さな声を上げげた。

「ま、まあ、そのくらいなら……」

「え？　ちょっと！」

凱が、弐華の肩を抱き寄せる。

（ほ、本気なのっ？　あたしたち、あくまでフリでしょ、フリ！）

弐華《にけ》の目が訴える。不良と戦ってる時よりも〈ヴィジランテ〉の任務を受けた時よりも、数百倍は真剣な眼差《まなざ》しだった。

（仕方ない。そのフリのためだ。オレの口唇《くちびる》が触れたって死ぬわけじゃない）

実のところ、凱《まさる》だって別にキスくらい初めてではない。少なくとも、酔った優《すぐる》や究《きわむ》に押し倒《たお》されてやられちゃった事は一度や二度や三度四度ではないのである。

（死ぬっ！　恥ずかしさのあまり心臓が張り裂けて死ぬ！　脳の血管がちぎれて死んじゃうっ！　あたしが死んだら、この世界の平和はどうなるのっ！　人前でパパやママみたいな恥ずかしい真似《まね》をするくらいなら、キミを殺してあたしも死ぬっ！）

（物騒な事言うな！　お前の戦闘力だとシャレにならん）

（ああっ！　助けてシルバーっ！　あたしを窮地《きゅうち》に追いこむ奴《やつ》らを、全部蹴《け》り倒してっ！）

（それはマズいだろ。馬に蹴られて死ぬのは、人の恋路《こいじ》を邪魔する奴だ）

以心伝心というかテレパシーというか。別に超能力の類《たぐい》にはお互い無縁のはずなのに、声はなくとも互いの考えどころか悪態まで理解できてしまう。

（頼むから、目ぇ閉じろ。そうやって凝視《ぎょうし》されると、フリでもやりづらい）

（だ、だからあたしはされたくないのっ！　こうなったら、一瞬たりとも目を閉じたりしないわっ！）

くっきり両目を見開いた弐華が、凱の視界でアップになる。

困る。

さすがに、こんな体勢こんな表情では恋人演技をしろと言われたって呼吸が合わせられない。自然と、凱《まさる》も硬直してしまう。姉たちに襲われた事はある。だけど、考えてみたら芝居《しばい》といっても自分から女の子にキスするのは初めてだった。

緊張して震えている、怯《おび》えているようにも見える弐華《にけ》の顔。

いつでも自信満々で、身勝手で、強気で、自分のカッコよさを疑わない彼女には似合わない、弱い姿。

瞬《まばた》きさえせずこちらを見つめる瞳《ひとみ》。微《かす》かに開いた口唇《くちびる》からこぼれる温かく湿った吐息。

いいのか？

本気じゃなく芝居だから、〈ヴィジランテ〉の任務上必要だから——そんな言葉を理由にして、弐華にキスしてしまっていいのか？

自分でも説明できない逡巡《しゅんじゅん》が、凱の胸を小さく、しかし鋭く刺す。

その時——。

「お次の四名様、ご案内いたしまーす」

「あ、席空いたみたい」

ヒナの興味も移ってしまったようで、彼女はもう凱たちよりもウェイトレスが案内するテーブルの方に目が向いている。

ふっ。

ふたりの間数センチの空間を濃密に満たしていた緊張が、風に吹かれた霧のように一瞬で消え去った。

（……と、とりあえずこれでいいんだよな）

（そ、そうね！）

やはり言葉もなく、視線だけで互いの意志が確認できた。

「ヒナちゃん、何《なに》にする？　おすすめセットでいいかな？」

「うんっ、もちろん☆　ヒロくんも同じでいいよね？」

先に席に着《つ》いたふたりは肩をぴったり寄せ合い、頬《ほお》も触れそうな近さで、野口《のぐち》の右手とヒナの左手で一冊のメニューブックを開いていた。凱と弐華も同じ注文で、オーダーは日替わりおすすめパスタセット。本日はボンゴレビアンコだ。

ほどなく、それぞれのドリンクに続いてパスタが運ばれてきた。オーダーから数分、予想外の早さだった。

「いっただきまーすっ。はい、ヒロくん、あーんっ」

ヒナはパスタをくるくるフォークで巻いて満面の笑みで恋人の口に運んでいる。さすがに凱たちはそこまで調子を合わせる義理はないので、それぞれ自分で普通に食べるだけだ。

「……ん？」

口に入れた瞬間、凱《まさる》の眉間《みけん》が微《かす》かに強張《こわば》った。

横目で見ると、弐華《にけ》の眉《まゆ》も微妙なラインを描いている。

だが、野口《のぐち》とヒナは満足しているようで、適当に談笑しながら食事は終わった。

「あ、そうだ。ふたりとも生徒手帳出《だ》して。ポイント付くから」

野口に言われるまま、手帳を出してレジの端末にＩＤカードを当てる。ピ、と短い電子音が正常な処理の完了を告げた。

「ポイントって割引とか？」

「違いますよぉ、先輩」

弐華の疑問に、ヒナが笑う。

この学校では、恋愛も授業の一環。校内コースの利用実態はこうして記録され、成績の基準になるのだ。

「次はどこに行こうか？」

「あー。ありがとな、野口。おかげでココの雰囲気もわかったし、後は別行動にしないか？」

「え？　いいの？」

「ダメだよ、ヒロくん」

きょとんとする野口の腕を、ヒナが人差し指でちょんちょんつついた。

「きっとふたりきりになりたいんだってば。邪魔しちゃ悪いよぉ」

「あ、そうだね。じゃ、後はお楽しみって事で」

ヒナがリードする形で、ふたりが去っていく。

これも計ったわけではないのに、凱と弐華は同時にがっくり肩を落とした。

「「はぁ～～っ！」」

思いっきり吐き出したため息がまたハモる。

「助かったわ。とりあえず、また……その……あの……アレしろとか言われたらどうしようかと思った」

「キスくらい普通に言え。アレとかナニとか言うと、余計に卑猥《ひわい》だ」

「ナニは言ってないわよ、ナニは！」

情報収集という目的からすると充分とは言えないが、凱だってこれ以上あのペースにつきあうのは辛《つら》い。一応、世話になった分野口の顔を立てた形にはしたし、彼女の前で頼りがいがあるのを見せられて満足だろう。

ふと見ると、さっきの店にはまだ長い列が続いている。他《ほか》に空《す》いているところはいくらでもあるのに。

「……何《なん》か、違和感」

ぽつりと弐華が呟《つぶや》いた。

「お前、わかってるのか？　違和感っていうのは基準とか規範を持っている人間が、それとのズレに関して抱く感覚だぞ。お前のように常識を超越した奴《やつ》とは無縁の概念だ」

「あのね。キミ、皮肉《ひにく》ばっかり言ってないで、少しはこっちの話を聞こうとか思わない？」

「よし。聞いてやろう」

「まず、さっきのパスタが不味《まず》かった」

ピッと人差し指を立てて、弐華《にけ》が言い放つ。

「並んでまで食べる代物《しろもの》じゃない。別に値段は安くないのに。それに、量もちょっと少なくない？　あんなのお腹《なか》に入れたら、かえってお腹が減るわ！」

「お前を満足させるなら、四、五人前はいるだろうな」

「混ぜっ返さないでよ」

確かに茹《ゆ》で加減は雑だし、肝心のアサリを筆頭に食材そのもののクオリティが普通の店よりワンランク落ちている。

「コーヒーも、あれは新しく豆挽《ひ》いて淹《い》れたモンじゃないな。大量に作り置きしてたんだろうさ。香りも風味も飛《と》んでる」

「よくそこまでわかるね、キミ」

「以前の任務で覚えた。喫茶店やレストランの経営者を養成する高校があったからな」

「そうなの？　てっきり家でコキ使われてるから自然と詳しくなったんだと思った」

「……そっちも正解だ」

不機嫌《ふきげん》を隠しもせず、凱《まさる》は答える。

「それに、ずいぶん早く出てきたよね」

「日替わりおすすめメニューにだけ注文が殺到《さっとう》するのを見越して動いてるんだろう。待ち時間が短ければ客席の回転効率も上がる。おおっぴらに行列を見せびらかすのは、人気がある事のアピールだけじゃなく、食べ終わった客が長居しづらいようにプレッシャーをかける意味もあるんだろう」

　普通に、あちこちの店で実行されているノウハウだ。さすがにここまで露骨《ろこつ》に料理の質を落とすというのは珍しい——というよりありえない話だが。

「はっきりと謳《うた》ってはいないが、恐らくは情報誌に掲載されている店を期間中に利用すればポイント多めというような噂《うわさ》が流れているんだろうな。建前としては『世間の動きに敏感で、人気スポットに相手をエスコートできる能力』って評価になる」

「嫌だね。そうやって、お客を騙《だま》すようなやり方ってさ」

「ある程度は仕方ない。学校は社会の縮図とかよく言うけれど、新法《しんぽう》以降は縮図っていうよりはミニチュアとかジオラマみたいなモンだ。確かに本物と同じところだってあるだろうけど、どっちかって言うと本物を真似《まね》た模型っていうか」

〈ヴィジランテ〉としていくつもの学校を渡り歩いた凱には、それは実感だった。

姉妹《しまい》が芸能人やマンガ家という形でプロをやっているのと見比べると、社会のさまざまな問題や職業に対応できるような制度を進めていても、学校というのはやはり本物の現場とは異なる。練習、予行演習の場だ。

特に、新法《しんぽう》が施行《しこう》されてから学校が設立されたり、廃校になったり、路線変更したりというサイクルが格段に早くなった。伝統や校風が形成されるヒマなんてない。勢い、万事《ばんじ》が即物的になる。

清恋《せいれん》が打ち出《だ》している『恋愛』なんていうのはまだしも普遍性がある。

だけど、例えば『世紀末サバイバル高校』は実際に核戦争や環境破壊で滅びた荒野《こうや》の中に建っているわけじゃない。校舎の中では某マンガみたいなバイオレンスの嵐《あらし》が吹き荒れ、水も食料も欠乏しているけれど、それは仮想の話でしかない。

ただ、そこで生まれる人間関係や感情は、紛れもなく校内で過ごす人間の中から湧《わ》き上がってくる本物だ。

信頼。友情。敵意。憎悪《ぞうお》。嫉妬《しっと》。欲望。怨恨《えんこん》――そして恋愛。

カリキュラムの一環と言われたって、暴力で支配されている側の胸には、本物の怒りや怨《うら》みが宿る。フェンスの内側でやり取りされているのも、本当の現金だ。

「他《ほか》も、ひと通り見て回るか」

凱《まさる》は、肘《ひじ》を突き出した。

「何《なに》？　それ？」

「腕くらい組んだ方が自然だろ。手をつなぐより、まだしも素肌《すはだ》が触れない分気楽だし」

「そ……それもそうね」

清水《きよみず》の舞台からゴムなしバンジーを決行する決意の表情で、弐華《にけ》が左腕を絡める。

「少しはリラックスしろよ。オレは恋人のフリをしてるんであって、囚人を連行したり、NASA《ナサ》が宇宙人を研究施設に引っ立てる様子を再現してるんじゃねえぞ」

「わ、わかってるわよっ！」

口唇《くちびる》の端《はし》をヒクヒクさせながら、弐華は必死に笑顔を作る。

どの店も、状況は似たようなものだった。レストランも、ブティックも、映画も、情報誌で紹介されているところだけが極端に繁盛《はんじよう》していて、他店の入りはまあそれなり。

「これで、他の店からは苦情とか来ないの？」

「適当な間隔で持ち回りにすればいい。自分のところが『当番』の時は仕入れ量を増やし、そうでない時は抑える。さばきたい在庫がある時は特集を組んでもらえばいい。そうすれば無駄《むだ》も出ないって寸法だ」

「……行こう。これ以上、ここにいると、気分悪くなりそう」

「同感だな」

ゲートから外に出て、腕を解《ほど》きかけたその時――。

「お、おいっ？」

いきなり、弐華《にけ》の方から腕を組んで肩を寄せてきた。唐突な行動への違和感に、思わず凱《まさる》は声を漏《も》らす。

「気づいてる?」

「ああ」

だが、交《か》わされる小声は甘やかな睦言《むつごと》の囁《ささや》きではない。緊張を含んだ状況確認だ。

弐華に言われるより前に、凱も気づいていた。校内コースの中から、何者かがふたりを尾行している。しかも単独ではない。最初のうち気配《けはい》はひとりだったが、いつの間にか数が増えている。

少なくとも六、七人。距離はまだ開いているが敵意が剥《む》き出《だ》しなので察知するのは難しくなかった。

「な。どこか人目につかないところへ行かないか?」

「ん。OK」

わざと大きめの声で確かめると、弐華もはっきりと頷《うなず》く。

もちろん女嫌いと恋愛アレルギー。本当の恋人どうしの会話じゃないから、意味も違う。何者かを振《ふ》り切るのではなく適当な場所へ誘いこもうというのだ。

息が合うというか、波長が合うというか。

別に打ち合わせはしていないのに、こういう時の判断はぴったり一致する。

面倒がない反面、どこか落ち着《つ》かないというか、むずがゆい気分になる凱だった。

校内地図を熟知している凱がさりげなくリードする形で、フェンスに沿って、人目を避《さ》けながら校舎裏へと進んでいく。

建前は「高校生らしい節度ある交際」「親も認める恋愛」ではあっても、まるっきり表《おもて》看板通りじゃない。ちゃんと他人の目に触れにくい場所もある。例えば、以前凱が不良に絡まれた場所よりもさらに奥に進んだ校舎裏とか。

このあたりは、他《ほか》の学校と大差ない。夕暮れの校舎が影を落とした四角く薄暗い場所に、手入れが行き届いていない芝生《しばふ》がぼそぼそと生えているだけだ。

既に足音さえ隠す気はないのか。数人がどたどたと凱たちを追いかけて、校舎裏に集まってきた。

「一〇人か。誰《だれ》かは知らないが、奮発《ふんぱつ》したな」

「ほら。実績あるし」

背中合わせに構えるふたりを、一〇人もの男が取り囲んでいた。その中には一昨日《おととい》ノックアウトされたふたりも含まれている。凱には見覚えがない顔で制服も着ていない奴《やつ》が半分いるが、清恋《せいれん》の生徒ではなく応援に呼ばれた仲間という事か。

既に凶器を構えている者も三人いる。

「単純に一昨日の仕返しだとしたら手回しがよすぎる。多分、誰かに言われてオレたちを脅《おど》しに来たんだろう。多分、みっともないところ見せて彼女にも嫌われたんだろうな」

図星《ずぼし》らしく、一昨日《おととい》のコンビの顔色が変わる。

つまり、こちらが〈ヴィジランテ〉であると判断した奴《やつ》がいて、そいつは〈キャビネット〉に出てこられると困るというわけか――凱《まさる》としては、そう考えるしかない。

「とりあえず五人ずつでいいか？」

「あたしが全部片付けてもいいんだけど？　キミ、脳内でいくら強くても実践は違うよ？」

「無意味に暴力を誇示《こじ》するのは趣味じゃないが、弱いと誤解されたままというのも不本意だからな」

「あたしの目の前で弱い人が悪の手にかかったりしたら、正義の味方としてはちょっとした屈辱なんだよね」

「少なくとも運動神経は証明したつもりだが？　もし、オレが危ないと思ったら遠慮なく助けにくればいい」

「お？　素直《すなお》になったね」

「その代わり、お前の方が危なかったらこっちが手ぇ出《だ》してやる。強くてカッコいい自称正義の味方サマが、他人に助けられるって羞恥《しゅうち》プレイだぜ」

「ＯＫ。そこまで言うなら信じてあげる。半分こしましょ」

「おいこら！　ちょっと待て！」

一昨日《おととい》の痕《あと》を絆創膏《ばんそうこう》で覆《おお》ったヒゲが叫ぶ。

「てめえら、何《なに》をこっちがやられるって前提で話してんだ？　こっちは一〇人いるんだぞ、一〇人！」

アリが一〇匹集まったって、ライオン二頭に勝てると思うのか——口走りそうになって、凱《まさる》は思いとどまる。

アリとライオンという組み合わせは適切だろうか。強さの差を示すなら、アリと象《ぞう》が定番になる。だけど、実際にはアリは耳から入りこんで象を倒《たお》す事ができるはず。ただ、そういうトリビアな小ネタを振《ふ》ったところでこの連中に通じるかどうか。

もっとわかりやすい弱そうな動物は——。

「チワワを一〇匹集めたら、一頭のドーベルマンに勝てるの？」

またしても凱が考えている間に、弐華《にけ》が挑発する。

「て、てめえっ！」

ヒゲ男のこめかみに青筋が浮かんだ。

なるほど、見事なチョイスだ。同じイヌという動物を並べる事で必要以上に誇張している雰囲気なしに、戦闘力の強さを表現している。これなら絶対に勝てそうにない。

「……ドーベルマン二頭だろ」

感心しながらも、凱はそのひと言を付け加えずにはいられない。

「ほら。そっちは確定事項じゃないから」

「だぁあっ！」

痺《しび》れを切らして男たちが輪を狭《せば》める。

「こういう、誰《だれ》かに言われて動いてるだけの雑魚《ざこ》が相手じゃ面白くないんだよね。見せ場とか演出する意味も薄いし」

そう言いながら、弐華はポケットからデジタルオーディオプレイヤーを取り出《だ》した。

「は？　何《なん》だ？　音楽聴きながら闘《や》る気かよ？」

違う——そうじゃない。

口唇《くちびる》を歪《ゆが》めて訊《たず》ねるヒゲに、凱は声には出さず反論する。

この女は、そんな事はしない。

自分ひとり音楽を聴き、リズムに乗って戦う。確かにそういうファイティングスタイルだってあるだろう。だが、春日部《かすかべ》弐華のやり方ではない。

この女は、必要なら大音量でＢＧＭを流す。

周囲の人間に聞こえないイヤフォンなんか使わないはずだ。

あれは、昨日母親から受け取った品。

凱の認識は、正しかった。

弐華は手にしたプレイヤーをいきなり投げたのだ。

いや。正確に言えば、イヤフォンの一端は彼女の手元に残っている。イヤフォンと本体をつないでいるのは普通のコードではない。極細《ごくぼそ》のワイヤーだ。プレイヤーも、見た通りの品ではない。凱《まさる》が見たところ、中身《なかみ》は鉛《なまり》か何《なに》かのウェイト。実際の音楽再生は不可能。

「げふぇ！」

それが、不良のひとりの首を捕《と》らえた。

弐華《にけ》の手がワイヤーを操るまま、絞められた男はよたよたと前のめりに引き寄せられる。

顔面パンチ一発。

まるで頭上に星が回っているような、絵に描《か》いたようなダウンだった。

「こないだの携帯といい、お前の持ち物はびっくり箱か？」

「もうちょっと気の利《き》いた言い方できない？　ギミックとかガジェットとか」

「そんなのびっくり箱で充分だ」

「……な、何ふざけた事言ってんだ、ウォラァっ！」

気合いとも威圧ともつかない奇妙な声を上げて、別の男が身体《からだ》を屈《かが》めて突っこんでくる。

スナップひとつで、デジタルプレイヤーに偽装《ぎそう》したワイヤーは弐華の手元に戻っている。

バックステップと同時に、弐華は再びワイヤーを放った。今度の標的は敵ではない。校舎二階に張り出《だ》したテラスの手すり部分だ。

「は？」

タックルをかわされた男は、間抜けな顔で地上一メートル半の高さに吊《つ》り下がった弐華を見上げる。

もちろん、その顔面にキックが飛《と》んだ。ふたり目もあっさり昏倒《こんとう》する。

さらに敵が群《むら》がってくるのを見越して、一瞬早く着地。即座に体勢を低くし、コンパスで大きな円を描くように目一杯伸ばしたキックで敵の脚《あし》を払って転倒させる。すかさず立ち上がって倒《たお》れゆく三人目の鳩尾《みぞおち》にカウンター気味《ぎみ》の拳《こぶし》を入れる。

大きな動きは、単に見た目の派手さを狙《ねら》っているだけではない。

多人数が相手では、ひとりずつに時間をかけていると挟まれたり囲まれたりするリスクが増す。常に居場所を変え、ヒットアンドアウェイを繰り返すのがこの状況での弐華の戦い方だ。

「……ったく、いちいち大げさなんだけどな」

凱のやり口はまた違う。

うんざりしたため息を漏《も》らす彼の足下では、既に襲撃者がふたり倒れていた。気絶はしていない。ただ、ある者は肩を、別の者は足首を押さえて呻《うめ》きながら転がっているのだ。

「て、てめえ！」

他《ほか》の日本語を忘れたのか――言う間も惜しんで、襲いかかってきたヒゲの手首を取り、関節を逆に捻《ひね》り、外す。

「ぎゃああっ！」

痛みに悶絶《もんぜつ》し、彼が凱《まさる》に倒《たお》される三人目になった。

「あっちより与《くみ》しやすいとでも思ったか？　残念だったな。素直《すなお》に雪辱戦を挑んで負けた方が、気持ちよくお寝んねできたものを」

せっかく決めゼリフを唱えても、悲鳴《ひめい》を上げて悶《もだ》えるヒゲ男は多分聞いてないだろう。

何種類かの格闘技をかじったが、凱がメインで使うのは警察が用いる逮捕術をメインに、古流柔術《じゅうじゅつ》のテクニックなどを参考に自己流のアレンジを加えたものだ。〈ヴィジランテ〉としては必要以上に相手を傷つけるのはマズいし、変な伝説の類《たぐい》がなく、ひたすら合理的に相手を無力化拘束する事に特化したシステムは性分に合っている。

多人数を相手にする時は、派手な打撃でノックアウトしてしまわなくても、手頃《てごろ》な関節を外すだけで充分。心得のない素人《しろうと》は脱臼《だつきゅう》を自分で治す事などできないし、その痛みに耐えて戦い続けるような気力も持ち合わせていないのだから。

結局、それぞれ五人を片付けるのにさほど時間はかからなかった。

「大した手間じゃなかったね。ダンスだけじゃなかったんだ」

弐華《にけ》は片手で髪をかき上げる。汗さえ浮かべず、足払いで汚れた膝《ひざ》から草の切れ端《はし》を払い落としている。

「手間はこれからあるんだよ。ったく、お前は何《なに》も考えないでダウンさせちゃうから」

「痛《いて》え〜、痛ぇよぉ……。助けてくれよぉ……」

凱は苦痛を訴えるヒゲに歩み寄る。倒された直後は絶叫だった声も、既に弱々しいSOSになっていた。

「さて、と。話してもらおうか？　誰《だれ》かの命令なんだろ？　オレたちの事を、どんな風に聞いている？」

へたり込んだ体勢のヒゲの手を取り、凱は尋問する。

「あー、そっか。キミは、そういう後始末《あとしまつ》まで考えてるから、関節技で無力化するんだ。気絶から起こすのって手間だもんね」

「そういう事。ぶん殴ってすっきりそれっきりのお前とは違うの」

「でも、そーいうやり方って悪役みたいだよ？　やっぱり打撃系メインの方が華やかで正義の味方向きだと思うな」

「いいだろ、別に」

自覚はあるのだ。簡単な手間で相手を確実に無力化できるし、必要以上のダメージを与えてしまう危険も小さい。

ただし、ノックアウトして大の字に倒れているのに比べると、やられた相手が痛みを訴えながらうずくまったりのたうったりしているビジュアルというのは、多分こっちが悪者に見えてしまう。そもそも人に見せるものでもないが。

「ま、それにとりあえず今だけはコンビを組んでるんだ。方向性が違う方が対比が効いていいだろ？　ふたりとも打撃系だとお前だって面白くないんじゃないか？」

「それもそっか」

「……こ、答えたら、肩、塡《は》め直してくれるんだろ？」

淡々とした会話に、ヒゲの顔がますます青ざめる。

「わからないな。ただし、答えなければ次はこの指の関節をひとつずつ外そうかと思う」

こういうのも善玉《ぜんだま》っぽくないとは思うが、花より実を取る性分だ。恐怖を振《ふ》りかざす奴《やつ》には、恐怖がいちばん効く。買収や、合理的な説得よりもだ。

こいつの仲間がほとんど気絶しているのも好都合《こうつごう》。他人の目があると、メンツにこだわって黙秘されたりする。

「い、言うっ！　言います！」

「ほら。そういうところが悪役っぽい」

これも自覚はある。いつも優《すぐる》あたりに言われている事の反動がつい出てしまうのだ。

弐華《にけ》の呟《つぶや》きを無視してヒゲ男は知っている事を洗いざらい喋《しゃべ》った。もっとも、大した内容ではないが。

凱《まさる》たちを尾行し、襲ったのは匿名《とくめい》メールで依頼があったから。もちろん提示されている報酬も魅力的だし、一昨日《おととい》の怨《うら》みもあるので深く考えずに引き受けて手勢を呼び集めた。

ふたりの素性《すじよう》や立場については、特に何《なに》も知らされていない。

「あのねぇ……。正義の味方の情報源にもならないんだったら、本当に使いっ走《ぱし》りの雑魚《ざこ》だよ？　全身タイツで覆面の、イーッって叫んでる戦闘員より役に立たないっていうか」

呟きながら、それでも弐華はヒゲ男の肩関節を元《もと》に戻してやる。もちろん、填《は》めたからといって即座に完全回復するわけではない。靭帯《じんたい》にダメージがあるから鈍い痛みは継続しているはずだ。

「仕方ないだろ。こいつら、別にお前の都合に合わせて存在してるんじゃないんだからな。さて、後は勝手にしろ。助けを呼ぶくらいはできるはずだからな。そうそう、一応忠告しておくが、得体《えたい》の知れないメールの話に軽々しく乗っからない方がいい。簡単に詐欺《さぎ》とかに引っかかるぞ」

まだ呻《うめ》いているヒゲをその場に放置し、凱は視線で弐華に合図する。

結局、降りかかる火の粉を払っただけ。判明したのは、こっちの素性を知っている何者かがいて、恐らくはこの学校には本当に〈ヴィジランテ〉が解決すべきトラブルが存在しているという疑いの確度《かくど》が増しただけだ。

「待って！」

不意に、弐華がダッシュした。向かっているのは校舎の方角。

その反応で凱《まさる》も気づく。

誰《だれ》か、この一〇人の他《ほか》にも自分たちを見ている者がいる。こっちは気配《けはい》を隠しているから、認識するのが遅れた。

一瞬だけ、転がっている一〇人がもう無害な事を再確認し、凱も弐華《にけ》を追いかける。

この状況で監視している者がいるとしたら、こいつらに依頼した当人である可能性が最も高い。

「弐華っ！」

追いつき、校舎の裏に回った凱が目にしたのは、逃げようとする制服姿の女子を、背後から弐華が捕《と》らえる瞬間だった。

「……委員長？」

弐華に手首をつかまれて立ち尽くしているのは、クラス委員長の雪村百合乃《ゆきむらゆりの》だったのだ。

とりあえず、弐華がいきなり問答無用のパンチで彼女を倒《たお》していない事に安堵《あんど》する。

別に気遣ったわけではなく情報を得たいからなのだが、多分弐華的には逃げる女性を倒すというのは『カッコよい』から逸脱《いつだつ》するのだろう。

「ご、ごめんなさい……。ごめんなさいっ！」

普段とは違う、うろたえた表情で百合乃はただ謝罪を繰り返す。

「委員長。どうしてこんなところにいたんです？　そして今、逃げようとしたんですか？」

丁寧に、しかし感情を交えない口調で凱は問い詰める。

「ちょっと。こういう時のキミの言い方って、ちょっとキツいよ」

「さっきの奴《やつ》が使えなかったからな。情報源としてきちっと対処する必要があるだろ」

弐華も捕らえた手を放さないのは、事態の重要性を理解しているからだ。もちろん、前に指摘した黒幕である可能性も濃くなっている。

「あ、あの人たちの事は知らないわ……」

百合乃がかぶりを振《ふ》る。

「たまたま通りかかったら、春日部《かすかべ》さんと秋月《あきづき》くんがいて……ケンカみたいになったから、人を呼んで来ようと思って……」

「残念だが、その説明を素直《すなお》に信じるわけにはいかない」

第一に、この時間帯の校舎裏は『たまたま通りかかる』ような場所ではない。だからこそ凱も人目を避《さ》ける戦場として選んだのだ。

第二に、委員長として真面目《まじめ》で仕事熱心な百合乃の性格を考えれば、乱闘騒《さわ》ぎをただじっと見ているのは不自然だ。制止しようとするはず。仮に意外な暴力にすくんでためらったとしても、携帯電話で誰かを呼べば済《す》むだけ。そもそも人を呼びに行くというのなら、タイミングが遅すぎる。

「疑ってはいたんだ。オレたちを監視してるって事は、何《なに》か裏があるかもってな」

「あたし、委員長さんは悪い人じゃないって信じてたんだよ。第一印象だけど」

冷たく睨《ね》めつける凱《まさる》に対し、弐華《にけ》の方は熱く訴えるような眼差《まなざ》しを百合乃《ゆりの》に向けた。

「悪いが、ボディチェックさせてもらう。武器や、盗聴器の類《たぐい》を身に着《つ》けていたらそれなりの対処をする必要があるからな」

「待って！」

いきなり、弐華が凱を制した。

「相手が女の子なんだから、あたしがやるわよ」

「オレは、別に女に触るのは平気だぞ」

「相手が平気じゃないでしょ！　キミ、あたしの事を非常識とか言うくせに、そういうところデリカシー足りない」

凱を押しのけるようにして前に出た弐華が、百合乃の身体《からだ》に触れる。

「あ……っ！」

百合乃の身体が、ビクンと震えた。

「ごめんね。さすがに、あたしの気持ちだけでスルーってわけにはいかない状況だからさ」

弐華が百合乃の制服の上から細かくタッチして、持ち物を確認する。目的が目的だから凱も目を離すわけにはいかない。

緊張しているのか、百合乃は身体を強《こわ》ばらせ、真っ赤な顔で小刻みに震えている。

いつもの落ち着いていて上品な彼女のイメージからは遠い。

「やっぱり、何《なに》かあるんだな？」

凱が鋭い口調で問い詰める一方で、弐華は大げさに肩をすくめる。

「財布、定期入れ、携帯電話、生徒手帳……。別におかしな物は持ってないよ」

「じゃあ、その態度は？」

もう一度凱が語気を強めると、百合乃はやはり赤い顔のまま——泣き出《だ》した。

目尻《めじり》に手を当て、息を詰まらせ、ぼろぼろと涙を流し続けている。

「お、おい……っ！」

「あーあ。泣ーかした、泣ーかした。凱が泣ーかした」

「唄《うた》うなっ！　お前は小学生か！」

「キミと同級生」

「それは答える必要なしっ！　いい加減皮肉《ひにく》という概念を理解しろ！」

いきなり幼児退行して囃《はや》し立てる弐華は論外として、どうして百合乃が泣き出すのか。

未《いま》だ具体的な事がわからない悪事の黒幕——少なくともその一員——としては、あまりにも脆《もろ》すぎる反応だ。

ひょっとしたらこれはアレか？　泣けば済《す》むと思っている、女の汚い一面か。

凱《まさる》が対応に困っていると、百合乃《ゆりの》は両手で顔を覆《おお》って、その場にくずおれた。

「違うの……痛いとか、そういうのじゃなくて……。ううん……やっぱり痛い。胸が痛いの……」

「は？」

涙声で話す意味が理解できず、凱と弐華《にけ》が顔を見合わせる。

うずくまる百合乃の姿は年相応の――いや、もっと幼く、剥《む》き出《だ》しの感情を持てあます子供のように見える。

「あのー……こういう事を直接訊《たず》ねるってカッコ悪くて嫌なんだけど、それってどういう意味？　あたしたちをつけてた理由も一緒に、もっとわかりやすく言ってもらえると助かるんだけど」

対処に困って、耳のあたりをポリポリ掻《か》きながら弐華が訊ねる。

「……似てるの……。昔の恋人に……」

絞り出すように小さな声で、それだけを告げる。

「ほら。やっぱり」

「ちょっと待て。それじゃ辻褄《つじつま》が合わないって言っただろ？」

軽い肘《ひじ》撃《う》ちでからかう弐華に、凱は即座に反論する。

「いくら女嫌いだからって、相手の気持ちまで無視する必要はないでしょ。素直《すなお》に委員長さんとくっついちゃえばいいの。そしたら、あたしもお役御免《ごめん》」

「だーっ！　だから、どうしてそんな話になるっ？」

「違うの……。そうじゃないの……！」

百合乃が涙顔を上げてふたりを見上げる。

「その……秋月《あきづき》くんじゃなくて……。似てるのは春日部《かすかべ》さんなの」

「「へ？」」

凱は弐華の顔をしげしげと見つめ、弐華の方は不思議そうに自分を見る凱を見つめる。

「確かにこいつは世間一般で言うところの女らしくはないというか、傍若無人《ぼうじゃくぶじん》で暴力的で傲岸不遜《ごうがんふそん》だけど、顔立ちはむしろフェミニンな方だよな」

「あのね。明らかな美少女を前にして、何《なに》をおかしな事を言ってるわけ？」

百合乃のかつての恋人というのは、よっぽどの女顔《おんながお》だったのか。それに、そういう相手がいるのならどうして一緒に清恋《せいれん》に来なかったのか。

まさか、病気や事故で他界してしまったとか？　それでこの学校でもずっと独《ひと》り身を貫いているのなら、ひょっとしたらこういう軽口は無神経の誹《そし》りを受けても仕方ないのではないか？

「あの……」

気まずさに気づいて、凱は膝《ひざ》を屈《かが》めて百合乃と視線を合わせる。

繰り返すが、女嫌いではあっても女性であればどんな酷《ひど》い事をしても構わないと思っているわけではないのだ。

「だからふたりとも勘違いなの……。わたしの恋人は……女の子だったから」

「え？」

「ああ！」

首を傾《かし》げる凱《まさる》に対して、弐華《にけ》はポンと両手を打ち合わせる。今度ばかりは、彼女の方が気づくのが早かった。

「委員長って……ひょっとして、同性愛の人？」

ストレートな弐華の言葉に、百合乃《ゆりの》は小さく頷《うなず》いた。

凱も、ぽかんと口を開けてしまった。

このところさんざん皮肉《ひにく》や勘違いでホモ呼ばわりされてきた身だが、まさか身近に本物が存在するというのは想定の外だったのだ。

第七章　悪党《あくとう》さんありがとう

話が想像以上に深刻になってきたし、さすがにいつまでも百合乃を地べたに座らせておくわけにはいかない。凱は詳しい話を訊《き》くために手近なカラオケボックスに場所を移した。もちろん、校内デートコースではなく街中《まちなか》の。

大画面のモニターではラブロマンス映画や演歌歌手のプロモーションビデオが繰り返されるのに交じって、振《ふ》り込め詐《さ》欺《ぎ》への警戒を呼びかけたり、飲酒や夜遊び防止の青少年健全育成の公共広告がリピートされていた。

「もう勘づいているだろうし、協力してほしいから改めて名乗ろう」

「あたしは正義の味方・春日部《かすかべ》弐華！　あ、言っておくけどこいつと恋人っていうのは悪と戦うための仕方ないお芝居《しばい》だから、誤解しないでね！　あ、だけどあなたの気持ちに応《こた》える準備があるとか、そーいうのとも違うし……。ああっ！　あたし、何《なに》言っちゃってるんだろ！」

「こいつが今言った事は一旦《いったん》忘れてくれ」

軽くパニック気味《ぎみ》の弐華を押しのけ、凱は百合乃に会釈《えしゃく》する。

「オレたちは〈キャビネット〉の〈ヴィジランテ〉だ。この学校で重大な問題が起きているという匿名《とくめい》の通報を受け、実情の調査と速《すみ》やかな解決のために派遣された」

「ごめんなさい……。取り乱しちゃって……」

ほとんど香りがないような安物だが、それでも温かいミルクティときちんとした言葉は百合乃《ゆりの》の心を落ち着かせたようだ。涙を拭《ぬぐ》い、やっと落ち着いた百合乃はゆっくりと言葉を選びながら、これまでの事を語り始めた。

「気づいた時から……最初からそうだったの。男性に興味がないっていうか、女の子しか好きになれなくて……」

自覚した時には、自分は異常なんじゃないかと悩んだ。誰《だれ》にも相談できなかった。

「それでも、本やネットでいろいろ調べてわかったんです。わたしみたいなのは少数派だけど、病気とかじゃないんだって。国によってはちゃんと結婚できるような法律もあるんだって……。だけど、好きになっても相手も同性愛者じゃなきゃ迷惑なだけだからって、ずっと我慢してたの。でも、出会ってしまったの。友紀《ゆき》に」

横谷《よこたに》友紀——それが百合乃の恋人になるクラスメイトの名前だった。

最初は同じクラスで名簿が近く、雪村《ゆきむら》と友紀という他愛《たあい》もないきっかけで友達になった。陸上部に属し、快活で強気。自分とは正反対の友紀に惹《ひ》かれつつも百合乃はやはり打ち明けられずにいた。

「ただの友達でいいんだ。この気持ちを隠し通せば、親友として側《そば》にいる事ができる……

そう思いこもうとしたの。だけど、できなかった」

　恋は、簡単には御せない荒馬だ。むしろ恋という激情の騎手が人間を暴走させるのか。出会ったその夜に、仇敵《きゅうてき》の屋敷に忍びこんだロミオのように。

「中二の夏休みだった。友紀が家《うち》に遊びに来た時、打ち明けてしまったの。あなたが好きだって――」

　百合乃の言葉に、友紀は驚きもしたが喜んで受け入れてくれた。

『今までそんな風に考えた事ってなかったけれど、百合乃がそういう気持ちなら、あたしはいいよ』

　照れくさそうに頬《ほお》を染めながら手を取る友紀を、百合乃は思わず抱き寄せてくちづけた。

「窓の外の蟬時雨《せみしぐれ》も聞こえないくらい静かで神聖で、永遠に続くかのように感じられた一瞬だったの。友紀の口唇《くちびる》は、甘かった」

　当人が大真面目《おおまじめ》なのはわかる。主観としてはその通りなのだろう。

　けれど、こういう『恋する女の子のナルシシズム』は、凱《まさる》と弐華《にけ》共通の苦手分野だった。

　ふたりとも微妙な表情を浮かべながら、それでも事情を把握《はあく》するためには最後まで話を聞かねばならない。

「だけど、幸せな時間は長くは続かなかった。何度目かで、キスしているところを父に見られてしまって……。わたしは留学という名目で外国の中学に押しこめられた。その間に友紀《ゆき》は家族ごとどこかへ引っ越して……ううん、引っ越すように強制されてずっと連絡が取れない……」

また百合乃《ゆりの》の目に涙が浮かぶ。

「えっと、あの……」

気まずそうに、弐華《にけ》が言葉を挟んだ。

「結局、キスだけなんでしょ？　それ以上の事やってたわけじゃないし、そんな大げさに騒《さわ》がなくても」

「雪村《ゆきむら》議員は保守派の文教族《ぶんきょうぞく》だ」

「ブンキョー族って？　フン族の親戚《しんせき》か何《なに》か？」

「教育関係に強い議員って事だよ。青少年の健全育成って主張を掲げてお堅い連中の支持を集めている身としては、我が子が同性愛者なんて話はスキャンダルになり得る」

「どうして？　別に悪い事してるわけじゃないでしょ？　恋愛なんて男女問わずみんな恥ずかしい行為なんだし、相手が同性なんて誤差の範囲内じゃない！」

「世間には博物館に入れた方がいいような古いモラルを後生大事《ごしょうだいじ》に守っていて、自分が理解できないものを全部排除すれば世界が清潔になると思ってるバカが結構いるのさ。アメリカだって、リベラルな州とそうでないところじゃ温度差が激しいだろ？」

彼女に理解しやすいように、合衆国の例を交えながら凱《まさる》が補足する。実際、州や市によってはいる同性婚が合法化されているところもあれば、今どき信じられないほど厳格《げんかく》なモラルを法律で規定しているところもある。

「確かにそうだけど……それって酷《ひど》くない？　当人同士がお互い好きなのに、強引に引き離すなんて」

弐華の表情は真剣だ。力強い視線は、この場にはいない百合乃の親を射止めるほどの鋭さがある。

「お前、恋愛には反対じゃなかったのか？」

「自分がするのは嫌よ。だけど、他人の気持ちを踏《ふ》みにじりたいわけじゃない。立場や権力で他人を押さえつけるのって、悪い事だし、カッコ悪い」

暴力で吹っ飛《と》ばすのはいいのか——ツッコみたくなる気持ちを凱は抑えこんだ。

その点では弐華と同じ気持ちだったから。

「もっと露骨《ろこつ》に言えば、ある種の親にとっちゃ我が子——特に娘なんていうのは財産であり武器でしかない。政治家なんていうのは、その『ある種』の典型だ。そういう親なら、委員長を『矯正《きようせい》』しようとするだろうな」

未《いま》だに血縁や姻戚《いんせき》によるつながりが重要な世界だ。娘を有力者に嫁がせる事によって人脈金脈を強化するというのは、ありふれた話ではある。

ありふれているからといって、ムカつかないわけではないが。

秋月家の場合も、まあそれなりの金持ちだし、あの性格だから母は子供たちにその手の問題を隠さずにはっきり伝えてきた。金目当ての奴《やつ》に気をつけろ。ついでに、自分が作った財産をそのまま相続させる気もない、と。

だから、全員が全員それぞれ勝手に己《おのれ》の道を進んでいるのだ。

「……清恋《せいれん》に入学したのも、父の言いつけだったの。ここでちゃんとした男性の恋人の作り方を勉強しろって……。多分、万が一中学時代の事が外に漏《も》れても、清恋に入っていれば普通の異性愛者だって言い張れるとも思ったのね。だけど、ダメ。わたしも一度は諦《あきら》めて形から入ろうと思ったけれど、やっぱり男の人を好きになるなんてできない！」

「あのさ、凱《まさる》」

「ん？」

「〈キャビネット〉の〈ヴィジランテ〉って、高校生の自由と権利を守るためにロクでもない親をぶん殴るのっていうのは任務のうちに入ってないの？」

「頼むからそれはやめろ」

拳《こぶし》を平手でパンパン叩《たた》いて気合いを入れる弐華《にけ》を、凱も本気で制する。

仮にも相手は国会議員、VIPだ。いくら何《なん》でもそれに襲撃をかけたら世間的にはテロ扱いになる。そもそも親の職業や立場に拘《かか》わらず、家庭内の問題にまで首を突っこむのは越権《えっけん》行為というか、余計なお世話に該当する。

ただし、目の前に現れたら平静でいられる自信は凱にもないが。

「あ、あの……それはいいの。わたしが、自分で何とかしなきゃいけない問題だから……。それより〈キャビネット〉の人には、校内の問題を解決してほしくて……」

「本部に届いた匿名《とくめい》の通報は、あんただったんだな？」

凱の言葉に、百合乃《ゆりの》は無言で頷《うなず》いた。

「わたしだけじゃなく、〈公認恋人〉制度を普通に利用している人たちの中にも、橘《たちばな》会長のやり口に不満を持ってる人はいるわ。わたしは極端な例だけど、そうでなくても『正しい恋人』や『正しいデート』の型を決めて、それに従わないのは認めないなんて……」

クラス委員だし、性格もいいから百合乃はそういう事の相談を受けたのも一度や二度ではない。

例えばふたり揃《そろ》ってオタクだから一緒に同人誌を作るのが楽しいとか言っても、橘体制下ではそれは単位にならない。ハリウッド流のメジャーなデートムービーを映画館で見るんじゃなくてビデオスルーのB級C級Z級作品を笑い飛《と》ばすのが好きなのもアウト。

上が決めた『正しい恋愛』を強制するような仕組みに密《ひそ》かな不満を抱いているのは、少数ながら存在するのだ。

「……問題は問題だけど、それだけじゃ〈キャビネット〉が解決に乗り出《だ》すべき案件じゃないな。違法とは断定できない。ここの生徒会が自力で何とかすべきレベルだ」

「ちょっと？　それでいいの？」

弐華《にけ》が、凱《まさる》の襟首《えりくび》をつかんで揺する。

「モラルの問題に、オレたちがいちいち介入してたらそれこそ恐怖政治だ。お前みたいな正義の味方気取りにはわからないだろうが、そのために明文化されたルールってのを決める必要があるんだよ」

「あの情報誌とか見たら、業者と癒着《ゆちゃく》して私腹を肥やしてるのは明らかでしょ！」

「どんなに状況証拠《しょうこ》が明白でも、物証がなかったら世間じゃ言いがかり扱いされるんだよ。わかってんのか、正義の味方？」

「つまり、証拠があればいいんでしょ！」

「待て！　どこへ行く！」

走り出《だ》した弐華を追いかける。

「あの手の顔は、絶対にそういう事やってるわよ！　だったら締《し》め上げてでも問い詰めればいいの！」

「だから、カンや顔だけで判断するなっ！　委員長、悪い。ここの支払い、立て替《か》えておいてください！」

放置したら、何《なに》をするか知れたものではない。保護した相手に金の事を頼むというのはかなりみっともないが、弐華を見失わないのが最優先だ。

既に外は暗くなっていた。

引き離されないがの精一杯というハイスピードで、弐華は清恋《せいれん》の校舎へと駆け戻っていった。愛馬シルバーを呼ばないのが、とりあえず凱にとっては幸運と言っていいのか。

「出てきなさいっ！　橘雄一朗《たちばなゆういちろう》！　正義の味方・春日部《かすかべ》弐華が、あなたに鉄槌《てつつい》を下しに参上したわっ！」

脇目《わきめ》も振《ふ》らず、生徒会長室のドアを叩《たた》く。だが、鍵《かぎ》がかかっている。

ドンドンドンドンっ！

「出てきなさいよ、悪党《あくとう》っ！」

「バカっ！　落ち着《つ》けって！」

ようやく追いつき、扉を連打する弐華を羽交《はが》い締めにする。

「何よ？　キミ、悪党の味方するの？」

「殴ってどうする？　パンチでドアを破壊する気か？」

「あ、そっか。キックの方がダメージ大きいし、確実よね？」

「そうじゃない！　ちょっと待ってろ！」

この女なら、本当にやりかねない。その気になれば実行できるだけのパワーもある。

周囲に人目がないのを確かめて、凱はドアノブに取り付いた。ポケットから愛用のピッキングツールを取り出し、鍵穴に差し入れる。

「……ああ、どうしてくれんだ？　物証がないのに不法侵入なんて……バレたらこっちの立場が危なくなるんだぞ……」

「正義のためよ！」

「これで何《なに》もなかったら、こっちが犯罪者として糾弾《きゅうだん》される。そしたら、悪のご本尊はそのまま大手を振《ふ》ってまかり通るんだよ！」

校舎内の一室にしてはいささか手強《てごわ》い鍵《かぎ》だったが、それでも凱《まさる》の敵ではない。通常、解錠に五分以上要すると泥棒は侵入を諦《あきら》めると言われているが、一分弱で扉は開いた。

弐華《にけ》が意気込んで開けたが、中はもぬけの空だった。

「あたしに恐れをなして逃げたのね！」

「単に留守ってだけだろ。鍵もかかってたし」

「じゃあ、捜しにいかないと！」

「まあ、待て」

「何よ。キミ、悪党《あくとう》の肩を持つ気？」

「そうじゃない。奴《やつ》が、間違いなく悪党だって証拠《しょうこ》を確保する方が先って話だ。オレのカンが正しければ、多分物証がある」

「キミも、結局はカン頼りなの？」

「……訂正する。カンじゃなくて、論理的な判断だ」

そう言いながら、凱は部屋の隅に固定された金庫を顎《あご》で指した。

「よーしっ！」

「いくらお前のバカ力でも、ドアはどうにかなってもこの金庫をキックでぶち抜くのは無理だろ。ちょっと待ってろ」

ポキポキ指を鳴らして意気込む弐華をなだめながら、凱は屈《かが》んで壁に埋めこまれたダイヤルに当たったった。所詮《しょせん》、既製品だ。さほど複雑な機構ではない。部屋の出入りそのものが厳重に管理されている場合、中のセキュリティは意外に緩いケースが多い。

「……ったく、これで何も出てこなかったら服務規程違反で大問題だぞ」

いくら〈ヴィジランテ〉でも、現場の判断だけで金庫を開けるなんてのはかなりギリギリな行為だ。ぼやきながら、それでも凱は数分とかからずに鍵を開けた。

「ひゅう。やるね、キミ」

「任務に必要だから覚えただけだ。部屋の方が厳重だったしな」

几帳面《きちょうめん》な雄一朗《ゆういちろう》の性格がありがたい。秘密の書類は、きちんと整理されていた。校内デートコースに出店している企業との密約を示す契約書や収支計算書が、それぞれファイルにまとめられている。

各店で提供している商品は、外の市場《しじょう》で流通しているものよりもクオリティが微妙に落ちる代物《しろもの》だ。中には消費期限切れ寸前の見切り品をまとめて納入している業者まである。

建前としては生徒アンケートのデータを反映しているはずのメニューなども、全《すべ》て企業側の都合《つごう》優先で選ばれているらしい。

そうして生じた差額は、リベートとして雄一朗《ゆういちろう》の懐《ふところ》に入っているのだ。

出店する店のラインナップや各店で提供する商品とサービスについても、雄一朗とテナント側の癒着《ゆちゃく》は明らかだった。

「……やはりな」

凱《まさる》の口唇《くちびる》から呟《つぶや》きがこぼれる。

何《なに》か不正があるとしたら、このあたりだろうと睨《にら》んでいた。校内にいろんな業者が出店し、その選択権を生徒会長が握っている。しかも生徒に『どんな商品をすすめるか』まで自由自在となれば、リベートが介在する余地はいくらでもあるという事だ。

野口《のぐち》たちを踊らせ、百合乃《ゆりの》を苦しめているような道義的責任だけなら罪には問えないが、これは明らかに新法《しんぽう》に違反する『自治権の濫用《らんよう》』『制度を利用しての不正な経済活動』だ。

「金が絡んでいて、しかも大っぴらにできない契約だったら紙の書類がある可能性は大きいからな。これで、報告書を上に通せば、誰《だれ》はばかる事なく処罰できる」

本当に際《きわ》どい内容なら一切の物証を残さないだろうが、片方が権限はあっても実績も信頼もない高校生だ。相手は慎重を期すだろうし、雄一朗の側にしても証拠《しょうこ》書類を残しておく事で、相手の裏切りに対する『保険』としても使える。

「証拠が見つかったんだから、これで結果オーライって事よね。遠慮なくあの高慢ヅラを叩《たた》きのめせるわ！」

「殴る必要はない。これで告発して、然《しか》るべき処分を下すだけで充分だ。〈ヴィジランテ〉は別に処刑人じゃないんだ」

「それじゃ、あたしのこのたぎる闘志はどうすればいいのっ？」

「自治制度を私怨《しえん》の解消に利用するな！」

「私怨じゃないわよ。あたし、あいつに直接何かされたわけじゃないし。これは純然たる正義の怒り」

「その正義の怒りとやらに、恋人のフリをやらされたストレスが一ミリグラムも含まれてないって胸張って断言できるのなら、その言い分を認めてやってもいい」

「……うー……」

ここで言葉に詰まっちゃうあたりの正直さは、まあ美徳と言っていいのか。

「さて……と。用件も済《す》んだし、さっさと引き揚げようぜ」

とんとんとファイルをまとめ、凱が立ち上がろうとした時――。

「それを持っていかれちゃ困るのだけどね」

慇懃《いんぎん》無礼《ぶれい》な声が背後から――入り口の方から聞こえた。

もちろん雄一朗だ。そのままドアに施錠《せじょう》する。三人が、密室に閉じこめられた形だ。

「僕も、事を荒立てるのは本意じゃないんだ」

「バカな連中をけしかけてから言うセリフじゃないね」

鷹揚《おうよう》な雄一朗《ゆういちろう》に対し、弐華《にけ》はファイティングポーズのまま答える。

「はは。困ったな。ちょっと脅《おど》すだけのつもりが、どうも彼らが先走ってしまったみたいでね。まあ、その分は多少色をつけるよ。いくらで手を打ってくれるかな？」

苦笑しながら、雄一朗は肩をすくめる。

「結局、お前も金が目的か？」

「それ以外に何《なに》がある？　全《すべ》ては金さ。ああ、勘違いしないでくれ。別にその帳簿にあるリベートだけが重要じゃないよ。状況をコントロールする事そのものが目的なんだ」

凱《まさる》が訊《たず》ねると雄一朗は蕩々《とうとう》と説明を始めた。

「しょせんほとんどの生徒は何も考えていない消費者だ。何を求めるのが正しいのか、こちらから教えて導いてやればいい。そうすれば商品の仕入れなども少ない種類だけに限定できるし、予《あらかじ》め適正数が判断できて無駄《むだ》が出ない。効率的というものさ」

「そういうフォード流の単一品種大量思想は、前世紀に滅んだと思ってたんだがな」

「工業製品としてはね。だが、我々が提供するのはソフトウェアとサービスだ。僕は父の会社を継ぐ気はない。従来型の建設業に明るい将来はないからね」

「皮肉《ひにく》で言ったんだから、素直《すなお》に答えるなよ。お前の知能は弐華レベルか？」

言うまでもなく、そんな事は凱だって理解している。頑丈で安いだけ、実用一辺倒《いっぺんとう》なだけで消費者は満足するという妄想は、前世紀前半のうちに多種多様な商品ラインナップを並べる方法の前に敗北している。

「おや、失礼。アイロニーとしてはあまり上手《うま》い方ではないね。それに、この学校はあくまでもモデルケースであり、将来への布石《ふせき》だよ。もともと、この学校は比較的裕福で社会的地位も高い者の子供が多い。彼らの好みや美意識を方向付けられれば、かなり効果的だとは思わないかい？」

凱の言葉に、雄一朗は鼻で小さな笑いを返した。

ちょっと落ち込みそうになる。

どうしてこっちがキメたつもりの発言はこうして空振《ぶ》りするのか。だいたい、広告主導で欲望を煽《あお》って右へ倣《なら》えさせる手法だってとっくに行き詰まって飽和しているのに。

「あんたの合理主義っていうのは、自分の物差しに合わない人たちを無視して切り捨てて、計算の辻褄《つじつま》を合わせたつもりになってるだけじゃない！」

弐華は、真《ま》っ直《す》ぐに怒りの言葉をぶつける。

「そんな怒らないでほしいな。〈ヴィジランテ〉なんてボランティアで苦労ばかり多いんだろう？　そんな事をやっているのは、内申目当てかな？　キャッシュの報酬だけじゃなく、必要ならそちらの口利《くちき》きをしてやってもいい」

まだ余裕ある態度で、雄一朗《ゆういちろう》は凱《まさる》に向かって手を差し伸べる。ファイルを渡してくれと。

ダメだ、こいつ。

浅い。小さい。つまらない。

本人だけは己《おのれ》を偉大な存在だと思っているが、権力欲と金銭欲だけが肥大していて無根《こん》拠《きょ》に他人を見下しているステレオタイプな小悪党《こあくとう》。今まで任務で担当してきた中でも、生徒会役員が黒幕というかトラブルの焦点だった場合、七割くらいがこの手の奴《やつ》だ。

残りの三割は、もっとタチが悪いバカ。

こういう奴には、何《なに》か言ってやりたい。思い上がった鼻《はな》っ柱《ぱしら》を、強烈な言葉のフックで殴りつけたい。

何がいいか。どういうフレーズがいちばん効果的だろうか。

一瞬、凱は考えこんでしまう。弐華《にけ》が相手の時みたいな心地よいリズムにはならない。

自分の家が金持ちだと言ってしまおうか。お前が考えてるような金額じゃ、別にありがたくないとか。いや、それではただの自慢《じまん》になってしまう。こっちの株が下がるだけだ。

だけど普通に否定しただけなら、単なる強がりだと思われてしまう。こういうタイプは、自分の価値観だけが絶対に正しくて、それと異なる考えを理解しないから。

「お生憎《あいにく》さま」

迷っている間に、弐華が口を開いた。

「自分に理想がない事を、この世に希望がない事にすり替《か》えないでよね。何《なん》でも金で買えるっていうのは、あなたが何でも金で売っちゃうってだけの話でしょ？　あたしは違う。世界中の黄金《おうごん》を積み上げられたって、引き替えにできないものがあるの！」

微笑《ほほえ》みながらの宣言。

不本意だが、凱も同感だった。

自分が言いたいのに上手《うま》く言葉にできなかった事を、今度も弐華ははっきりと言ってのけたのだ。

「……ふ……強がるんじゃない、女」

平静を装っているが、雄一朗のこめかみには微《かす》かに静脈が浮かび上がっている。

「ただの女じゃない。あたしには、春日部《かすかべ》弐華って名前があるの。おわかり、男？　ああ、あんたを単に男だなんて言ったら、他《ほか》の男の人に失礼ね。はっきり橘《たちばな》雄一朗って小悪党を名指ししないと」

微笑は崩さずに半身《はんみ》に構え、右手を前に差し伸べる。そして、手のひらを上に向けて四本の指だけをくいくいと招くように動かす。

カンフー映画などでお馴染《なじ》み。格下の相手を挑発するポーズだ。

さらに、奥に引いた左の手でコインを弾《はじ》く。指弾《しだん》として打ち出《だ》したのではない。緩い放物線を描いた一〇セント玉が、雄一朗の手元に届く。

「金に換えられるなら、あんたのプライドや尊厳、全部あたしが買っちゃうよ」

ぴくり。

平静を装いきれないまぶたが、小刻みに震えた。

見事だ——凱《まさる》は呆《あき》れるより先に感心してしまう。こっちが迷っているうちに、スパっと決めゼリフを言ってのける。

多分、彼女は凱みたいにややこしい事をいちいち考えたりしない。ただ『自分が正義の味方で、相手が悪党《あくとう》』という既定に基づいて、己《おのれ》がカッコよくなるようなセリフを思いつくままに喋《しゃべ》っているだけだ。

「あ、そうだ」

弐華《にけ》は立てた親指を下に向けた。

「ちゃんとお釣りは払ってね」

今度は、雄一朗《ゆういちろう》のこめかみに静脈が浮かび上がった。

痛烈な追い打ちだった。

お前には一〇セントの価値もないという宣告。

「い……いいだろう。口で言ってもわからないようだからな。……そうだね。その書類を処分して、事が表沙汰《おもてざた》になる前に海外留学でもすれば済《す》むだけの話だ」

「つまり、尻尾《しっぽ》を巻いて逃げるってわけ？　言っておくけど、あたしたちが証拠《しょうこ》を返すと思ってる？」

「逃げるんじゃない。不要なトラブルを避《さ》ける賢明な知恵だよ。まあ、僕が手続きを取る時間も必要だから、君たちには一、二か月ほど病院に入っていてもらおうか」

弐華の挑発に乗った雄一朗は上着を脱ぎ捨てる。

強気の原因は、凱には理解できた。シャツの上からでも鍛錬《たんれん》の度合いが判断できる。何《なん》の心得もない素人《しろうと》ではない。

「僕が悪いんじゃない。君たちのせいだ。僕は、譲歩の道を示したのに、君たちが聞き分けないから……」

「そうだよ。あんたみたいな小物には決定権なんてない。あたしが、あたしの責任で、あたしの意志であんたにケンカを売ってんの。あ、違うね。一〇セントで買ったのか」

もう奥歯をかみしめるギリギリという音が聞こえてきそうだった。弐華の挑発に、雄一朗の顔は完全に歪《ゆが》みきっている。

弐華が、ちらりと凱を見る。視線に促されて、ドア際《ぎわ》に寄った。後ろ手で触れてみると、やはり施錠《せじよう》されている。

さして広くもない部屋だ。奥行きに沿うように、弐華と雄一朗が対峙《たいじ》する。長い机が四角く並べられているため、自由に動ける幅は人間ひとり分がぎりぎりだ。ほとんど真っ直《ます》ぐに向かい合う形にならざるを得ない。

「後悔させてやる……。そっちは、ふたり一緒にかかってきたっていいんだぞ？」

「何言《なに》ってんの。こういうシチュエーションだよ。小物の悪党《あくとう》の方が、先に攻撃しかけてくるのが殺陣《たて》のセオリーじゃない」

またさっきの手招きポーズを取る。言われたにも拘《かか》わらず、雄一朗《ゆういちろう》がまず動いた。

踏《ふ》みこみの足音を鳴らし、真《ま》っ直《す》ぐに正拳《せいけん》を突き出《だ》す。

弐華《にけ》は右の掌底《しょうてい》でそれを払う。

続いて放たれたハイキックは上半身だけのスエイバックでかわす。

雄一朗の技は、空手が基本だ。躊躇《ちゅうちょ》なく大技を繰り出すのは、弐華を見くびっているからだけではないだろう。

仮に技術を身につけていても、試合のように許された場から離れ、防具も着《つ》けていない相手に打撃を加えるのは心理的な抵抗があるのが普通だ。

一切ためらわないという事は、恐らく実戦経験もある——凱《まさる》はそう判断した。

スマートに見えても雄一朗は長身だ。単純なパワーでは明らかに弐華を上回る。コンビネーションで繰り出された直突《じかづ》きを、弐華は両腕でブロックする。だが、体格が違う。完全には防ぎきれない。盾にした己《おのれ》の腕が、弐華の顔面に当たった。

頬《ほお》の内側を歯で切ったのか。口唇《くちびる》の端《はし》から、唾液《だえき》の混じった色の薄い血がひと筋《すじ》の線になって流れる。

衝撃で数歩後ずさり、倒《たお》れそうに迫ってきた背中を凱は受け止めた。

不良を軽々となぎ倒す技があっても、春日部《かすかべ》弐華は体重の軽い華奢《きゃしゃ》な少女でしかない。

「どうした？　腕力でねじ伏せられる、与《くみ》しやすい相手だとでも思ったか？　生憎《あいにく》、君たちのように最後は暴力に訴える連中に嫉妬《しっと》されるのは想定のうちだからね。己の身を守り、愚《おろ》か者どもに分《ぶ》を思い知らせる程度の実力は身につけているのさ」

小刻みにステップを踏みながら、雄一朗は口元を歪《ゆが》めて笑う。

「繰り返すが、ふたりがかりでも僕は一向に構わないよ。それとも、秋月《あきづき》くんは女の陰に隠れてぶるぶる震えているのが精一杯かな？」

嘲笑《ちょうしょう》の矛先《ほこさき》が弐華から凱へと移る。細めたまぶたが、舌なめずりする口唇を連想させる。

「……ここは、あたしに任せて！」

口の血を拭《ぬぐ》いながら、ファイティングポーズを取り直す弐華の背中に向けて、凱は無言で頷《うなず》いた。

見えているはずはない。

だが、伝わっていると信じている。いや、わかっている。

「強がるな、女！」

前進した弐華の顔面に雄一朗のジャブが命中し、再び凱の場所まで後退させられる。

「そうだな……。君たちのような愚か者には、きちんと罰を与えてやるべきだろう」

サディスティックに微笑し、雄一朗《ゆういちろう》は机の上から製版用の大型カッターを手に取った。

チリチリ……と不快な音を立てて刃を滑《すべ》り出《だ》させる。

「僕に逆らった罪の深さをいつでも思い出せるように、肉体に刻んであげるよ。なぁに、もちろん、外からは簡単には見えないところに。無駄《むだ》な自己顕示欲じゃなく、あくまでも君たち自身への教育のためだからね」

切っ先が、弐華《にけ》の制服の胸元に当てられる。

だが、事務用のカッターは固定されていない布を切り裂くようには作られていない。雄一朗の思惑に反して、刃は滑《なめ》らかには滑らない。

「くっ！」

小さく舌打ちして弐華のブラウスをつかみ、強引にボタンを弾《はじ》けさせて前を開く。

「……それを、待ってたんだよね」

「？」

雄一朗の顔に疑問の色が浮かんだのは一秒にも満たなかった。

次の瞬間には、ほとんど密着した状態のありえない体勢で真下から跳ね上がった弐華のハイキックが彼の顎《あご》を蹴《け》り上げたからだ。

一切の反動も溜《た》めもなしに、その場で宙返りする魔法のようなモーション。長い髪と短いスカートが翻《ひるがえ》る。

「ごふっ！」

呻《うめ》き、蹴り飛《と》ばされた雄一朗が机にぶち当たり、狭い床に文具や書類をぶちまける。

「さっきの言葉を、そのままお返しする。あんたみたいな気取った奴《やつ》は、きっちり自分が無様《ぶざま》な小悪党《こあくとう》だって自覚してもらいたいからね。女相手に刃物を持ち出してやらしく笑うなんてのは、らしくていいよ。会長さん、『燃えよドラゴン』は見た事あるかな？」

カンフーアクション映画の金字塔のタイトルを、弐華は挙げた。あれも、クライマックスで敵は素手《すで》のブルース・リー相手に刃物を持ち出す。

「き……貴様！　よくも……よくもこの僕の顔を足蹴《あしげ》にっ！」

「いいね。そのセリフ。典型的で。あんたが他人を道具扱いするなら、あたしはあんたを引き立て役として使い切ってあげる！　正義の味方の強さとカッコよさを表現するための、底の浅い悪者としてね！」

「女……ぁっ！」

立ち上がり、カッターを腰だめに構えて雄一朗が突っ込んでくる。

ふわり。

その場ジャンプで浮かび上がった弐華が、一八〇度ターンする。

重力から解き放たれたかのような、優雅にして強烈なソバットが再び雄一朗の顔面を直撃する。

端正だった顔の中央には、溝のパターンが判別できるくらいにくっきりと靴跡《くつ》がプリントされていた。

放《ほう》り出《だ》されたカッターが、くるくると宙に舞い上がる。

それを弐華《にけ》の手が受け止める——前に凱《まさる》がインターセプトした。

「あーっ！　あたしがキャッチするはずだったのに！」

「お前、偉《えら》そうな事言ってるけどやっぱり素人《しろうと》だな」

弐華の抗議を無視して、凱は倒《たお》れている雄一朗《ゆういちろう》を見下ろした。

「空手の心得があるなら最後までそれで戦えばいいものを、刃物なんか持つから構えがガタガタだったぜ。まさかカッターナイフ戦闘術なんてものは習ってないだろ」

実戦経験が乏《とぼ》しい者、己《おのれ》の技に自信がない者がよく犯すミスだ。

どんなに強力な武器を手にしても、その扱い方に熟練していなければかえって動きが制限され、単調になり、スキが増える。素人がマシンガンを手にしたとして、セーフティの外し方を知らなければ手間取っている間に殴り倒されるだけだ。

カッターのブレードを収納しながら凱は後ろ手でドアを開けた。

「……ロ、ロックは……？」

か細い呻《うめ》き声で雄一朗が訊《たず》ねる。

いちいち答えるまでもない。この程度の鍵《かぎ》、凱にとっては片手で簡単に解除できる。増

して、相手は弐華《にけ》とのバトルに集中していたから特に目を盗むまでもない事だった。

「キミ、さっさと書類持って出ていけばよかったのに」

「お前があの程度の奴《やつ》に負けるとは思わなかったからな。観客がゼロだと、お前だって戦い甲斐《がい》ないだろうが」

率直《そっちょく》な話、雄一朗《ゆういちろう》が無様《ぶざま》に倒《たお》されるのを見たかったというのもある。自分で直接やりたいところだが、狭い場所で三人が入り乱れる危険の方を凱《まさる》は避《さ》けたのだ。

雄一朗の構えを見た時点で、弐華が負けるはずがないのは確信していた。

「どうせ口から出た血だって、クライマックスにふさわしい『苦境からの逆転』をやりたくてわざとやったようなモンだろ?」

「あ? バレてた? ま、これはちょっとサービスしすぎかと思ったけど」

「ブラ見えてたぞ。相手が刃物出《だ》した段階でぶっ飛《と》ばせばよかったんだよ」

はだけさせられたブラウスの前を片手で押さえ、弐華が苦笑する。

「こ、これは仕方ないでしょ! あそこから逆転するのをやりたかったから、ちゃんとそれなりのピンチ見せなきゃいけないし……だいたいキミなんかが一緒にいるのが想定外なんだから」

「今度から、水着かレオタードでも下に着ておくのを勧める」

「そんな格好、普通はしないでしょ!」

「だったら下着見せないように戦うんだな」

パンツもそうだが、やっぱり彼女の恥ずかしさの基準はどこかおかしい。

「……そ、そうか……。見事なコンビネーションだ……。さすが、恋人どうしで〈ヴィジランテ〉をやっているだけの事は……」

「誰《だれ》が恋人だ！」

「誰が恋人よ！」

タイミングは同時だが、微妙にハモりきらなかった。

勢いで自分も一発入れたい凱だったが、腹立たしい事に雄一朗は言うだけ言ってもう気絶していた。

「春日部《かすかべ》さんっ！　秋月《あきづき》くんっ！」

やっと駆けつけた百合乃《ゆりの》が、青ざめた顔で生徒会長室に飛びこんできた。すぐに雄一朗が倒れているのを見つけて、きょとんと立ち尽くす。

「ま、悪い奴はやっつけられてめでたしめでたし。これでハッピーエンドね」

「ハッピーエンドじゃねえ！」

ウインクして親指を立てる弐華を、後ろから軽く小突く。

「オレたちの任務は一応目処《めど》がついたけど、この学校が消えるわけじゃないんだ。お前は自分が主人公で他《ほか》の奴らは全部脇役《わきやく》のつもりだろうけど、雪村《ゆきむら》委員長にとってはこれからが大変なんだよ。橘《たちばな》体制に疑問を持ってなかった生徒の方が多数派だったんだしな」

「あ、そっか」

小さく舌を出《だ》し、今度は自分で自分の頭をコツンと叩《たた》く。

まさかこの女、本当に何《なに》も考えてなかったのか——胃が痛み出しそうだったが、これでミッションが終了したのも確かだ。もともと不本意なこのコンビも解消される。

「そうですね……。わたしたちの問題なんですよね」

百合乃《ゆりの》が目を伏せて考えこみ、ほどなく顔を上げる。

「とりあえず事態を全校生徒に公表して、きちんと橘会長を解任。その後で、生徒会選挙をやりなおさなきゃ……。わたし、立候補します。ちゃんとカミングアウトして」

穏やかな笑みの中に、力強い意志が宿っている。

「恋を学ぶっていう理念そのものが間違っているとは、わたし、思いたくないんです。むしろ、いろんな恋愛の形がある事をお互いに理解し合う方がいいんじゃないかって……」

「ま、まあ、頑張ってくれ。必要なら〈キャビネット〉からもいろいろ支援できるから」

「ま、まあ、頑張ってね。でも、あんまり舞い上がったりしないで、冷静にね」

また、微妙に言葉がハモりかけた。

きっと百合乃の決意は確かだし、誠実に自分と向かい合ってやり直すつもりなのだろう。

その気持ちは理解できるけれど、相手は女性だし、恋の話だ。

どうしても歯切れが悪くなってしまう凱《まさる》と弐華《にけ》だった。

エピローグ

後は、凱《まさる》にとってはいつもの作業だった。

百合乃《ゆりの》たちの証言をまとめ、証拠《しょうこ》書類も整理し、報告書を作成して事務局に提出する。

ちなみに、そっちの方では弐華《にけ》はまるっきり役に立たなかった。

一応当人は「仕事だから」と手伝う姿勢は見せてくれたのだけど、パソコンのキーはろくに打てない。手書きさせると字が汚い。頭の回転は決して遅くないはずなのに決まり切った細々《こまごま》とした事はなかなか覚えてくれない。

結局、手取り足取り教えるよりは凱がひとりで処理した方が圧倒的に早かったのだ。

銀雲《ぎんうん》学院の生徒会室。ふたりが立っている前で、奈々佳《ななか》は相変わらず小さな身体《からだ》を椅子《いす》に沈めるようにして報告書に目を通している。

今日は、凱も弐華も銀雲の制服。

やはり美人でプロポーションもいいのは――とりあえず客観的な評価として――事実なので、この制服も弐華には似合っている。

「お前、今回はオレがやったからいいけど、これからも〈ヴィジランテ〉として働くつもりならちゃんとこういう手続きの事も覚えろよ。ひとりで担当したミッションなら、お前が自分でやるしかないんだからな」

「ま、あまり心配しないでよ。『並ぶよりニューロ』って言葉があるでしょ。窓口に行列作って待っているより、神経の働きに任せてれば何《なん》とかなるって」

「ひょっとしてそれは『習うより慣れよ』と言いたいのか？　人から教わるより実地でやってみた方が習得は早いという意味で」

「そうとも言うわね」

「そうとしか言わない！」

もう何度目かわからない。既にパターン化しているようなやりとりを耳にして、横のデスクでは君貴《きみたか》がくすくす笑いを堪《こら》えている。

「はい。ご苦労様でした。清恋《せいれん》高校の一件、おふたりの仕事は完了です」

凱は安堵《あんど》する。

もちろん、〈ヴィジランテ〉が引き揚げたからといって全部終わりではない。新たな生徒会長となった百合乃たちの前には制度の改革など解決すべき問題が山積みだ。

雄一朗《ゆういちろう》と癒着《ゆちやく》していた企業は〈キャビネット〉からの報告を受け、公取委《こうとりい》などから然《しか》るべきペナルティが科せられるので、校内のデートコース運営などには別の企業を公正な形で誘致する必要がある。そのサポートで奈々佳や君貴などはこれから忙しくなるのだ。

「さて、春日部《かすかべ》さん？」

両腕で頬杖《ほおづえ》を突き、奈々佳《ななか》が弐華《にけ》を見つめる。

「初めての任務はどうでした？」

「えーと……その……いろいろあったけど、仕事そのものは面白いし、やりがいもあったかな。できれば、次はもうちょっとシンプルに悪い奴《やつ》をいきなりぶちのめすようなミッションがいいね」

右腕を軽く曲げてガッツポーズ。やはり『恋人のフリ』というフレーズは口に出《だ》したくないらしい。

「そりゃお前は難しい事を考えないで、悪党《あくとう》を思う存分殴れたんだからすっきり大満足だろうよ」

凱《まさる》は大げさにため息をつく。

「有能かつ意欲に燃える仲間が増えてわたしも嬉《うれ》しいわ。特に、秋月《あきづき》くんが一週間もかかって進捗《しんちょく》しなかった案件を二、三日で解決するなんてね」

「えへ」

褒められて、弐華の表情が緩む。

「ええ。そうでしょうよ。ホント、こいつは有能で働き者ですから、どんどん仕事を回してやってください」

「やっとキミもあたしの実力、認める気になったんだ？」

「いい加減理解しろ。皮肉《ひにく》だ。とりあえずオレの負担が減るのだけは事実だしな」

「仲がいいのね、おふたりさん」

「「どこが！」」

ふたりの叫びをきれいにスルーして、奈々佳はカーソルキーに人差し指を置いた。凱たちからは見えないが、何《なに》かの画面がスクロールされているはずだ。

「今まで〈ヴィジランテ〉の手が足りないから後回しにしていたけれど、男性だけでも女性だけでも対処しにくいケースがいくつかあるのよね。例えば、今回の清恋《せいれん》とか」

「「へ？」」

またしてもハモってしまう。ふたりの心に、同じひとつの不吉な影が差す。

「会長……それってつまり……」

「これからもふたりでコンビを組んで活動してもらおうと思っているの」

天使の笑顔で、悪魔の宣告。

「会長！　冗談でしょ？　人手不足なんだから、ひとりずつ事に当たった方が絶対いいに決まってますっ！」

「ねえ、秋月くん。一〇日ずつかけてふたりがそれぞれ一件のミッションを終えるのと、ふたりのコンビが三日で一件解決するの。効率がいいのはどっちだと思う？　簡単な算数よね？」

「そんなの机上《きじょう》の空論です！　目を覚ましてくださいっ！」

こいつ、絶対に単なる合理主義で決めたんじゃない。この状況を面白がっているに間違いない――そう確信しても、声には出《だ》せない凱《まさる》である。

「せっかくの名コンビを解消するのはもったいないでしょ。名前もいい感じだし」

「は？」

「あ――――っ！」

奈々佳《ななか》の言葉に、弐華《にけ》はきょとんと首を傾《かし》げるだけだが、凱は絶叫して頭を抱えた。

「ニケっていうのはギリシャ神話の勝利の女神よ」

白く細い人差し指を立てて、奈々佳は宙に『ＮＩＫＥ』と四個の文字を綴《つづ》った。

そんな事はとっくに気づいていた。気づいていたからこそ、敢《あ》えて無視していたのだ。

弐華が秋月《あきづき》家の名前を話題にした時も、こっちからは『弐華』という珍しい名について訊《たず》ねなかったくらいにしっかりと。

「凱旋には女神が寄り添う。縁起もいいし、こういうファンタスティックな偶然って大切にしたいと思うの、わたし」

「そうですね。ボクも会長に全面的に賛成です」

何《なに》やらキーを叩《たた》きながら、君貴《きみたか》も同意する。

「お前は、奈々佳会長が言う事だったら何《なん》でもいーんだろうがっ！」

「そうですよ。それが何か？」

視線を合わせもせずに、君貴は即答する。

「そ、そうだ！　お前も反対しろ！　当事者が両方とも嫌がってるのなら、さすがにアウトだろ、その提案は！」

隣で何やら考えこんでいる弐華の腕をつかみ、ガタガタ揺さぶる。

だが、彼女の返事は凱の想像を超えていた。

「ん。あたしは、別にいいかな？」

「何故《なぜ》ーっ！」

「恋人のフリするとかじゃなくて、ただコンビ組むだけなら別に構わないもん。それで効率よくサクサクっと悪者をやっつけられるなら反対する理由ないし」

そうだった。

清恋《せいれん》では微妙に意気投合してしまったが、そもそも立ち位置が違う。凱は根本的に女性不信だが、弐華の方は色恋沙汰《いろこいざた》が嫌いなだけだった。

「それに、キミといると割と楽しいしね。話が弾むっていうか、いいリズムで受け答えできるっていうか。あたしがカッコよく活躍する時に気心の知れた観客っていうか引き立て役っていうか、そういうのがいた方がやりやすいしね」

ダメだ。この状況はダメだ。何もかもがオレを不幸にするために回る歯車《はぐるま》なのだ――凱はがっくりと膝《ひざ》を突いた。

「とりあえずコスプレを授業に取り入れている学校とか、男子と女子がそれぞれ異性の制服を着る規則になっている学校とか、邪気眼《じゃきがん》の学校とか、男女コンビに任せたい学校はいくつかあるのよ」

「ね？　そこにも悪い奴《やつ》がいるんだよね？」

「確証はありませんけど、その可能性は高いわね」

「オレの意見は無視ですかーっ！」

嬉《うれ》しそうに身を乗り出す弐華《だにけ》と、にこやかに答える奈々佳《ななか》。

そして生徒会室には、ただ凱《まさる》の悲痛な叫びだけが空《むな》しく響き渡るのだった。


（おわり）

あとがき

ＭＦ文庫ではお久しぶりの葛西《かさい》です。

ひょっとしたら「初めまして」の読者の方も多いかな？　ま、そういう方は改めて以後お見知りおきを。


先日、何《なん》の気なしに自分の母校の公式サイトなんてのにアクセスしてみました。

卒業はもちろん郷里を離れてからもずいぶん経《た》つので、現状の雰囲気なんてほとんど知らないままだったのです。

校舎そのものは懐《なつ》かしいままでしたが、それ以外は自分の通ってた頃《ころ》とはかなり様変わりしてました。

普通科と商業科に分かれていたのが総合学科ひとつになってるし。文化祭も修学旅行もあの頃とは違う時期になってるし。

いちばん驚いたのは、かつての分校がなくなってて、代わりに（？）別の高校がいつの間にか我が校の分校みたいになってた事です。別に征服して支配下に置いたとかって事じゃないんでしょうが。

当時はなかった学食も、今は設置されてるみたいです。

あの頃、マンガやアニメ（まだライトノベルなんて存在しなかった）に出てくる学食って憧《あこが》れてました。なんだか、すごく楽しそうな空間に見えてたんですよ。

学食はない。

分校はある。

大した特徴もない当たり前の高校のはずだけど、地域差とかもあってフィクションの中の「当たり前」とは自然にズレちゃってたんですね。田舎《いなか》なので、他校というのも隣町とかになっちゃいますし。しかも、一時間に一本のローカル線とかで。それこそマンガにあるように、日常の中で他《ほか》の学校の奴《やつ》と行き交《か》う事もあまりありませんでした。

今まであまり意識しないまま、いろんな作品で中学や高校を描《えが》いてきたけれど「普通の高校」ってそもそも何だろう？

そんな気持ちとか「たまにはちゃんと行動する、強い主人公もいいかな」とか「男女のバディってどうだろう」とか、いろんな事を考えたらこんな話になりました。

要するにベースキャンプは銀雲《ぎんうん》学院に置きつつ、凱《まさる》と弐華《にけ》のコンビが毎回いろいろと妙な学校に転校しては大暴れ（？）というパターンです。ヘンな校風のネタを考えるのは面白くもあり、面倒くさくもあり。

まあ、次々に新しいデザインの制服が見られるというのも狙《ねら》ってます（笑）。その分、イラストの了藤誠仁《さとふじまさと》さんには手間をおかけしますが（魅力的で「カッコいい」弐華《にけ》をありがとうございます！）。

担当のSさんや、印刷製本流通その他《ほか》たくさんの方々のおかげで世に出た新シリーズ。何《なに》よりも読者の皆さんを退屈させないよう頑張りますので、よろしくおねがいします！

そうそう。

新シリーズと言えば、この本とほぼ同じ頃《ころ》にファミ通文庫の方でも新作『恋愛撲滅隊コイスル』がスタートしますので、興味を持たれましたらそちらもどうぞ。

どういう巡り合わせか両方とも「恋愛を嫌がるヒロイン」の話ですが、別にこれは作者の怨念《おんねん》とか執念とか、そういうものの表れではありません。ありませんよ、ホント。

二〇〇九年八月　葛西《かさい》　伸哉《しんや》

インポッシブル・ハイスクール
ども、はじめまして了藤です。
ニケとマサルの掛け合いが
素敵ですね。阿吽。
慣用句は僕は一個しか
わかりませんでした。
マサルさんスゲェッス。
正義の味方
引きうけ

個性的な仲間たちがいっぱい！
こんな学校、通いたい！

「けんぷファー ①〜⑩½」

著／築地俊彦　イラスト／せんむ

瀬能ナツルは平凡な高校生、のはずだったが、ある朝目覚めるとなんと女の子になっていた！　それもかなりの美少女に。そんなナツルに話しかけてくる存在。それは、憧れの美少女・沙倉楓から貰った趣味の悪いぬいぐるみだった。それによると、ナツルは「ケンプファー」と呼ばれる戦士に選ばれたらしいのだが——。

——変身すると女の子に!?　築地俊彦が贈る学園ラブコメディ！

月刊「コミックアライブ」にてコミック連載中！

「えむえむっ！ ①〜⑧」

著／松野秋鳴　イラスト／QP:flapper

とある事件をきっかけに、女性にあんなことやこんなことをされると気持ち良くなってしまうという困った体質に目覚めてしまった砂戸太郎。そんな体質を治し、愛しの“シホリ姫”に告白するため「願いを叶えてくれる」と噂の第二ボランティア部を訪れる。そこにいたのは自称・神の激しく勘違いな少女だった——。

——そこで喜んじゃダメなんだ!!　M感覚ラブコメディ！

月刊「コミックアライブ」にてコミック連載中！

「渚フォルテッシモ ①〜⑤」

著／城崎火也　イラスト／桐野霞

山ノ上大地はUMAが大好きな、ちょっと変わった高校一年生。今日も、変な生き物が出るとの噂で、夜の学校に忍び込んだ。しかし、大地が教室で見つけたのは、学校でも人気の美少女・麻生渚だった。しかもなぜか裸で、びしょぬれで。あわてて逃げた大地は、翌日渚の本性とともに驚くべき秘密を告げられるが——。

——強気で勝ち気な人魚姫（ハーフ）との冒険ラブコメディ！

MF文庫J　毎月25日発売！　発行：株式会社メディアファクトリー

MF文庫J

ファンレター、作品のご感想をお待ちしています

あて先

〒150-0002
東京都渋谷区渋谷3-3-5
NBF渋谷イースト
メディアファクトリー　MF文庫J編集部気付

「葛西伸哉先生」係
「了藤誠仁先生」係

http://www.mediafactory.co.jp/

インポッシブル・ハイスクール

発行　2009年 9 月30日　初版第一刷発行

著者　葛西伸哉

発行人　三坂泰二

発行所　株式会社
メディアファクトリー
〒104-0061
東京都中央区銀座 8-4-17
電話　0570-002-001
(カスタマーサポートセンター)

印刷・製本　株式会社廣済堂

Printed in Japan
ISBN 978-4-8401-3027-1 C0193

MF文庫J